大方
sight

兄弟

[加] 大卫·克兰迪 著
姚瑶 译

中信出版集团 | 北京

图书在版编目（CIP）数据

兄弟 /（加）大卫·克兰迪著；姚瑶译．-- 北京：
中信出版社，2019.3

书名原文：Brother

ISBN 978-7-5086-9878-6

Ⅰ．①兄… Ⅱ．①大… ②姚… Ⅲ．①长篇小说—加
拿大—现代 Ⅳ．①I711.45

中国版本图书馆 CIP 数据核字 (2018) 第 300308 号

兄弟

著　者：[加] 大卫·克兰迪
译　者：姚　瑶
出版发行：中信出版集团股份有限公司
（北京市朝阳区惠新东街甲 4 号富盛大厦 2 座　邮编　100029）
（CITIC Publishing Group）
承 印 者：北京汇瑞嘉合文化发展有限公司

开　本：880 mm × 1230 mm　1/32　印　张：6.5　字　数：123 千字
版　次：2019 年 3 月第 1 版　印　次：2019 年 3 月第 1 次印刷
京权图字：01-2018-7221　广告经营许可证：京朝工商广字第 8087 号
书　号：ISBN 978-7-5086-9878-6
定　价：45.00 元

写给奥斯汀

目　录

和艾莎一起回家　3

乐园　35

复杂性哀伤　65

戴西里理发店的男孩们　93

受伤的弗朗西斯　123

到加勒比海去　149

别离开我　171

致谢 190

关于本书的说明 193

译后记｜命运是一颗射向胸膛的子弹 194

他曾指给我看他在高空中的领地。那是一根电线杆，戳在一处杂草丛生的废弃停车场里。仰头望去，能看出攀爬其上有多么危险。绝缘体包裹着电路支线，有一个金属制的铁斗，俗称隔离式变压器，落脚处早已锈迹斑斑，电线杆一直伸向被电缆切割得支离破碎的天空。要是你再往上爬一点，就会听到电流的声音，他这样提醒我。你会感受到电流让你牙齿震颤，并点亮了你脑中的整座恐怖之城。但如果你爬到顶端，他说，情况就会好得多。在那里，你将拥有无尽的自由空间与视野。下面的街道全都变成你一眼就能看明白的图画。

一个很棒的瞭望台，我的哥哥这样告诉我。是附近最棒的瞭望台之一，但是你得小心翼翼地走在一条直线上，准备把手换到别的地方扶着时，一旦错碰了什么金属部件，你就会烧起来。像个稻草人一样僵在空中，冒着烟，最后成为黑黢黢的焦尸。“你想这么死吗?”他问。“所以，当你往上爬时,”他说，“你必须得格外小心。你得盯住你的哥哥，紧紧跟上他。在你迈出每一步前，都要三思而后行。要用心记住爬上去的路线。”

这都是他——我的哥哥，教给我的。回忆对于黯淡老旧、永远无法追回的过往来说毫无用处，回忆是此时此刻肌肉的刺痛，一个孩子勇敢地抵达会把他电成骷髅的交流电之中。

“要是你记不准的话,”他说，“你就完了。”

和艾莎一起回家

她回来了。巴士从一处正在融化的雪堆旁驶离，我看见了站在街对面的她。她不再是一个邻家女孩，而是一个脚踩高跟靴的熟女，外套腰带紧扎，以抵御寒冷和黑暗。她背着一个登山包而不是拎着手提箱，这就是艾莎。她背着自己的所有物，在跨上沥青马路前做了个粗鲁而缺乏耐心的手势，随后穿过了我们之间仿佛被盐粒染白的行车道。

“在这种天气里，你穿得也太少了。”她说。

“我没事。只等了一小会儿。你看起来不错，艾莎。”

她皱了皱眉头，但还是接受了我久久的拥抱，随后我们分开，朝西边走去，我们都缩着下巴，来抵挡周围公寓塔楼之间的穿堂风。一辆迎面驶来的车突然照亮了她的面庞，没错，她看起来确实不错。还是一样的黑色皮肤，脸上笼着一层红晕，头发也还是那样。她曾因头发被轻贱地称为“杂种”。然而，距离我们上一次交谈，已经过去十年了。我们之间横亘着厚重的沉默，仿佛连最不起眼的差错也会轻而易举地摧毁这次重逢。公路上一辆卡车鸣着笛从我们身边飞驰而过，溅了我俩一裤腿和一脚的烂泥。艾莎咒骂着，继而我们目光相接，她露出了一个浅浅的微笑。

“真是绝妙的欢迎礼。”她说。

“你看起来有点累。我给你铺好床了。”

“谢谢，迈克尔。谢谢你给了我一个容身之所。很抱歉我没有一开始就说这个。我最近脑子不好使。你知道我的，我从来都不擅长接受恩惠。”

得知父亲进入重症监护病房的消息时，她人在国外，在与我的通话当中，她描述了恐慌和模糊的愤怒怎样瞬间充斥了她的大脑。父亲在偶尔写给她的信里，曾提起过自己感觉累了，但并没有提及癌症。她经过了一系列漫长的转机飞抵多伦多，随后搭快速巴士去往位于弥尔顿的医院，他是前不久才刚搬去那个小镇的。她在父亲身边待了一个星期，直到他生命的最后一刻，他们有很多时间可以聊天，却仍不够。“有什么可说的呢？”电话里她粗声粗气地问我，之后就是大段的沉默，等待我来填补这空白。这通电话来得莫名其妙。“请到我这里来吧，”我对她说，哪怕在我又重复了一遍时，言语间其实依然有些犹疑，“回家来，到乐园来。”

乐园区就是围绕着我们的一切。这一片地区坐落着低矮的建筑，联排房屋，还有混凝土公寓塔楼，背靠夜空。今晚的天空被城市里无用的光线映照成暗紫色。我们已经接近劳伦斯街大桥的西部边缘了，这座大桥是一个超过两百码长的钢筋混凝土怪物。桥下数百英尺处是绵延的红河谷，兀自横穿郊区，完全不顾人们的精心布局。但今晚我们看不见红河，很快我们就抵达了沃尔多夫，那是一幢毗邻大桥边缘的联排房屋，这些房屋都是用根本没有烧透的砖块建造的，斑驳劣质，翻飞的蓝色油布覆盖在房屋的东北角上。十年前，艾莎和她父亲居住的那个单元位于整栋建筑最珍贵的南边，远离川流不息的马路。而我终生都蜗居其中的房子则紧挨最繁忙的路段，完全暴露在轮胎和沥青路面持续不断的摩擦声中。我提醒艾莎小心门口台阶上散乱的混凝土，同时经历了好一阵慌乱才笨拙地把黄铜钥匙插进锁孔里。我推开门，向她展示泛着蓝光的客厅，闪烁的光线来自被静音的电视。在一张背朝我们的沙发上，坐着一个头发灰白的老妇人，她并没有转过身来。

我比着手势告诉艾莎得保持安静。我蹑手蹑脚地换掉鞋子，外套都没脱就赶紧带着艾莎穿过了客厅。沙发上的老妇人继续看着那台没有声响的电视，那是一场脱口秀访谈节目的“哑剧”，一位明星嘉宾在笑声中回过头来。我领着艾莎穿过短短的走廊来到第二间卧室。小小的灯盏在桌子上投射下一个光圈，双层床中只有下面的那张床上有床垫和被褥，上面那张床很久之前就已经空了，连床垫也撤掉了，只剩下光秃秃的木板条。我关上了我们身后的门，在这个瞬间变得逼仄无比的房间里开始向艾莎解释：我们当然不会睡在一张床上。我会睡在客厅的沙发上，沙发很舒服，真的。我把毛巾和另外的毯子指给她看，它们都很显眼地摆在架子上。当我注意到艾莎正瞪着眼睛，身上的背包还没有卸下来时，我停了下来。

“你妈妈再也不说话了吗？”她问道。

“她说。她只是偶尔很安静，尤其在晚上。”

“我很抱歉。”她摇了摇头对我说，“我不应该来的。这完全是一种打扰。”

一堆烂泥点子溅到了卧室的玻璃窗上，又一辆开得太靠近街边的卡车经过了。然而紧随这阵突如其来的噪声，我的心里悄然生出一种感觉来，那或许是一种羞愧的感觉，因为我想象着自己可以尝试就这样结束我们今晚的谈话，只聊一聊房间的安排和毛巾，默认是艾莎的父亲让这个房间如此黯淡，并且导致了我们之间长达十年之久的沉默，而不承认是别的东西的缺失引起的。

“我还是会想起弗朗西斯。”艾莎说。

弗朗西斯是我的哥哥。他的名字是一个顽童可能用来吹嘘的资本，也可能被家长用来吓唬自己的孩子。但是在所有这些之前，他是我可以紧紧倚靠的那个肩膀，赤裸而温暖，那具身体总是近在咫尺。

我们的妈妈从特立尼达岛来，他们那一代的父母都管那个地方叫西印度群岛。弗朗西斯和我曾经去过那里一次，只能含糊地认得些当地文字、口音还有食物的味道，我们两个都是在加拿大出生并长大的。特立尼达岛这个地名在我们家里代表着某些特定饮料的出现，比如莫比和酢浆草，还有一种叫做皮尔达克斯的饮料，很难说清楚那到底是什么东西，有一次弗朗西斯骗我相信那是一种浴室清洁剂。不知怎么地，我们都觉得西印度群岛可以解释家里其他同样奇怪的物品，比如那个里面有尼亚加拉大瀑布的雪花玻璃球，还有安妮·默里那张仿佛有着潜在危险气息的《雪鸟》专辑。那也是我们匆匆打过照面的亲戚们居住的地方，此刻他们都存在于黑白照片中，这些幽灵似的画面可以用来解释我们的眼睛和微笑的方式，或者我们的头发还有骨骼特点。

我们的房子里还有另外一张老照片，是弗朗西斯在妈妈的卧室壁柜里发现的，那时我们还很小，那张照片被秘密地保存起来。照片上那个男人的小胡子梳理得一丝不苟，就像画上去的一样。他穿着一件薄薄的浅色夹克衫，短袖衫敞开的衣领微微有些褶皱。“人情练达”“温文尔雅”这种老套的词汇当即钻进我的脑海，或者至少是顷刻就浮现了出来。这个男人是我们的爸爸，同样来自西印度群岛，如今就住在这座城市里的某个地方，在弗朗西斯三岁而我只有两岁的时候，他离开了我们的家。这张照片没有完全对上焦，我还记得尚是小孩子的弗朗西斯和我使劲盯着照片看，想从那张模糊不清的脸上找出些具有辨识度的东西来。他的皮肤比妈妈要黑很多，但是妈妈告诉我们，他并不是像她那样的黑人，而是什么“印第安人”——这个身份也同样在这张粗劣的照片里丢失了，又或者是掩盖在了他头发上涂抹得厚厚的布莱尔克里姆发蜡之下，就像乐高人一样，头发像黑黢黢的人造固定物。

事实上，无论是我，还是弗朗西斯，抑或是妈妈，根本没有人对照片里的灰色过往感兴趣。此时此地就有足够多的事物等待我们去发掘，而其中最突出的就是被我们的妈妈称为“机会”的持续挑战。妈妈在办公楼、商场还有医院里做保洁。同时她也是那些黑人妈妈当中的一员，不愿意从别人那里寻求帮助，接受好意。在独立感和对未来的憧憬中不愿遭受任何小小的打击。所以，要是城里某个很远的地方突然出现一份工作，但许诺了未来的诸多机会，又或者是突然有了一个比原有工资高出一半的机会在召唤，那她就会接受这份工作，即便这意味着要把自己两个幼小的儿子单独留在家中。

把我们抛在身后这件事一直是她的心结，所以要是她提前一晚知道第二天晚上有个夜班，她就会将宝贵的睡觉时间花在做饭上，并且还要操心第二天的饭菜和我们兄弟俩明天具体要做些什么。要是我们有家庭作业，她就会在餐桌热腾腾的蔬菜或者米饭和煨鸡旁边把作业摊开。在妈妈准备的菜肴之中有着她的温柔，在那盘用苏格兰邦尼特辣椒烹饪出的菜咬下去有果味，那里有她的爱。然而只要她开始穿上外套和鞋子，就会立刻进入一种精疲力竭的情绪当中，并被要抛下我们的那种愧疚感压垮，尽管表达这种愧疚的方式是尖锐的斥责和怪诞的恐吓。她的发音受过严苛的标准英语训练，恐吓我们的那些言语都是从历史最深处的地狱里翻出来的。

“不许开门，不许开暖气。任何时候都不准打开烤箱或者炉子。你听到了吗，弗朗西斯？要是我回来以后发现你或者你弟弟受了伤，我会拿鞭子把你的背给抽红。要是八点钟以后我没有回来也绝对不能开电视。我的房子里不允许有天龙特工队或者T夫人这种傻瓜流氓。哦？你们现在是在笑？你们觉得这是个玩笑？你们觉得习以为常所以都不想听我说了是吗？那你们俩现在就给我过去，马上去碰炉子上的拨盘，去开一下前门试试看。我会吊着你们的手指头，把你们两个挂在天花板上。我会剥了你们的皮，让你们尖叫。我会狠狠揍你们，连你们以后的孩子都会留下伤疤，就连你们孩子的孩子也会感觉到疼！”

弗朗西斯和我会马上点头并摆手，急急忙忙地答应她。妈妈会在门边的镜子前整理制服和头发，然后头也不回地离开家，锁上门，反复检查好几次球形的门把手，而后我们才能隐隐约约在车来车往的嘈杂里听到她咔嗒咔嗒沿着人行道匆匆远去的脚步声。在接下来的数个小时中，弗朗西斯和我会努力好好表现。我们会吃掉晚餐，收拾好盘子，只是后来在厨房的碗橱上方发现了我们渴望的特别美味，所以我们直接从满满的黄色容器里吸上一大口浓浓的玉米糖浆，从勺子里慢吞吞舔着果冻粉，舌头上沾满了绿色。我们得做妈妈布置的那些家庭作业，但是过一会儿，我们也要从《三人行》和《正义前锋》当中去学习同样重要的人生技能和世间真相。等我们再长大一点，那些妈妈不在家的周五晚上，我们会看夜间意大利喜剧节目，节目里有着诱人的“在父母指导下观看”的提示。弗朗西斯和我都要双双痛苦地忍受那些用外语演绎的错综复杂的情节，只为了看到那几秒钟的乳房镜头。

“出现了！”有一次他在客厅里大声喊，“一下两只！你得马上过来！现在就来！”

“等一下！等一下！”我在浴室里高喊。我跌跌撞撞地跑出去，摔了一跤，于是就那么爬到他跟前，为了能看见电视，裤子还挂在我的脚踝上。电视上什么也没有，只有龙科食物脱水器的夜间专题广告片。

弗朗西斯哈哈大笑，蠢驴。

在任何情况下，他都会保持体面和必要的尊重，至少等上一个小时才会采取下一步行动。妈妈第一次把我们俩独自留下时，简直像做梦一样。当太阳渐渐西沉，哥哥从厨房拖出一把椅子，站上去够前门上的插销。他咔嗒一声打开了锁，推了推门，门外的一切就展现在了我们眼前。来自劳伦斯街的自由、安全灯和锈迹斑斑的公寓楼。

“记住，”弗朗西斯对我说，“我们从来没有开过门。”

我们周围的世界叫斯卡伯勒。这里一度被叫做“斯卡伯利亚”，原本是城市荒芜的边沿，如今也被城市的扩张囊括进了城区。如今是八十年代初期，随着我们日渐长大，这个国家的语言也正发生着激烈的巨变，我们还听过它叫其他一些名字：斯卡勒姆，斯卡比斯坦。我们住在斯卡伯勒，那是一片迅速发展起来的郊区，生活着黄种人、棕色人种和黑人。我们的邻居是钱德拉塞卡太太和周先生，皮拉尔·费尔南德斯和克莱夫·桑尼·巴林顿。他们讲不同的语言，吃不同的食物，不过他们全都来自这个或那个殖民地，所以他们共用了同一个词来形容我们这种野性未驯的小孩子。我们是“小叫花子”，我们是“四处闲晃”、不干好事的“小流氓”。我们的一个邻居与其说是保安员，倒不如说是诗人，他把我们描述成“狡猾猫鼬那油腻腻的小崽子”，偷袭垃圾桶和垃圾房，或者爬上大树和消防楼梯往大人们头上吐痰。冬天里，我们朝劳伦斯街上的汽车扔雪球，如果司机试图阻止我们，我们就跑进黑漆漆的后巷里。有一次，一辆斑马货车擦着我的脸开过去，余波猛地将我的身子拽过去，弗朗西斯的手握住了我的肩膀保护了我的安全。

在白天，我们有着更多的正规教育机会。我们的学校是以亚历山大·坎贝尔命名的，他是同盟国创始人之一。不过我们这些在他学校里的学生却有着自己的同盟，有各自在校园里的领地和盟友，也有我们自己的贸易协定和赞歌。我们听《星球摇滚》，背阿迪达斯的书包，穿磨砂牛仔裤，戴五颜六色的帽子。无论何时只要在礼堂里有全体集会，你就能听到我们闹出的动静，无论是哪种需要礼貌就坐的典礼，只要我们打算出席，那我们这个集体的喧哗与骚动就能压倒一切。

嘿！弗朗西斯，老乡，我的兄弟。

粗人弗朗西斯！恶棍！

弗朗西斯和我都在教室里白色荧光灯那充满化学元素的嗡嗡声下长期服刑，虽然脱离了妈妈直接而恐怖的控制，可她总是用某些比死亡更可怕的事情来警告我们，这些事情的后果往往更为痛苦，以此告诫我们不要浪费“我们唯一的机会”。不过弗朗西斯确实很爱学习。他热爱读书，并且是个很好的观察者。

放学之后我们还要去其他地方学习。在组成乐园区的那些高塔和房屋以西十二个街区之处，坐落着一连串商店，就在马卡姆和罗伦斯交接的地方。那里有食品杂货店，售卖贴着外文及外国字母标签的调味料和香草，还有名字含含混混都差不多的蔬菜和水果，比如阿奇果和芋头之类。开在那里的饭店平均寿命都不超过一年，他们的手写招牌承诺提供“家乡味”的冰淇淋、印度甜点，以及巴达木印度雪糕，还有另一张招牌上用红色马克笔草草写着，只要客人提出要求，他们同样可以提供神秘的“加拿大料理”。

那儿还有一家很老式的便利商店，这家店由一个招人烦的家伙经营，他把自己毫无用处的外国学位裱起来，睥睨其他移民混沌而腐坏的内在，并且威逼自己的妻子和女儿时时刻刻守在收银台，兜售彩票和打往金斯敦、西贡、科伦坡还有西班牙港的低价电话费。这位父亲痛恨我和弗朗西斯，因为他在我们的脸上辨认出了“没钱”这种长相。在他看店的时候，我们几乎没有机会溜进他的商店。不过要是轮到他的妻子和女儿换班，我们就有可能钻进去，买上几个双重泡泡糖或者一包三种口味的趣味糖果。我们总是眼馋于冰箱，里面的克朗迪克冰棍和爱斯基摩派雪糕冻得结结实实，包裹着冰碴，价格总是让人望尘莫及。她们甚至允许我们在放着连环画的架子前逗留片刻，我们假装争论到底要不要买，实则是三下五除二把一本书给看完。那都是些英雄们伪装起来或者被误解的故事，故事里有他们隐秘的出身，以及同黑暗恶魔无休止的斗争。

弗朗西斯会做噩梦。他一直都睡在我的上铺，所以我不得不聆听他的呼吸声，因为蚊虫叮咬或者偶尔寒意侵袭，他的呼吸会变得很温柔。每当恐怖的梦境造访，他通常都在濒临熟睡的边缘。他会在尖叫声中醒来，是从身体深处发出的那种尖叫，耗尽所有气息，声嘶力竭，而我通常都要过一会儿才发觉原来我也跟着他一起在尖叫。如果妈妈在家，她就会提供安慰。她会躺在我们身边，用她那温暖的身躯击退恐惧。我们三个人会安安静静地躺上很长时间，睁着眼，看着风把魅影吹上窗帘，看着大街上驶过的汽车向墙壁和天花板投来移动的灯光。

从不开口说话。只静静谛听。

是什么恐吓住了十岁和十一岁的小男孩呢？有时候，在我们玩游戏时，汽笛声会刺破安静的空气，前灯闪烁的汽车会在大街上发出刺耳的鸣叫，一个邻居家的孩子瞬间被一拳打倒在人行道上，他那满含羞愧的脸从我们面前转了开去。这里有着关于男孩们横冲直撞被打的传说，他们全都被毁了容，嘴巴张得大大的。“我亲眼看见的。”一个人这样宣称。“是我干的。”另一个则这样宣称。而我们从来就不知道是否该相信他们中的某个人。电视和报纸上常有报道，在糟乱的街区有着犯罪团伙，还有谋杀案，那些欺负人的家伙正慢慢逼近。一天早上，我和弗朗西斯一起朝信报箱里看，看头条关于最近发生的恐怖袭击的报道，玻璃上反射出了我俩的脸，将我们自己包围。

弗朗西斯从七岁起就识字了。他当然经常看书，而且在他那个年纪算得上是读书能力很强的。而且他还可以读懂我们周围的各种招牌与标识。他同样能读懂那些在7-11便利店门口徘徊的年轻邻居们的脸色，知道什么时候应该点点头，什么时候可以开个狡猾的玩笑，又或者只需埋头赶路，千万不要试图对上那双淤青的眼睛。但最特别的是，弗朗西斯能读懂我们的妈妈。他懂得她的骄傲，同时也明白她工作的方式和其中的损耗。他明白作为一名清洁工，或者有时也是保姆，她所要度过的不仅是工作繁重的一小时又一小时的工作，同时还有漫长的通勤路程，需要非常麻烦地沿着公交线倒车去很远的办公室、商场和别人家，于奇怪的时间段在停车点或者车站等上很久，有时要冒着大雨或者午后的高温，有时是在冬日的严寒与黑暗之中。他明白，若一个母亲的身体即将停转，在她下班回家的路上将会有一个非常特殊的时刻。那是在行车路线上特定的某个点，在肯尼迪车站，疲惫来袭，肢体像一坨肉，这种疲惫感抽走了一个母亲身上最后一点气力，让她根本没有办法去换乘剩下的两趟车回家。

弗朗西斯还不到十几岁时，妈妈若是狼狈地回到家中，他便会去做些事情。他会漫不经心地递给她一条冰凉的湿毛巾敷头，甚至有可能端来一盆加了浴盐的水给她泡脚。冬天的时候他会拿来毯子，夏天的时候则是电风扇或者一杯水。他总是小心翼翼，不过分表达自己的关心，以免伤害了她的骄傲，同时也避免打破任何她为帮助我们度过贫瘠年代而建立起来的家庭准则。但是在一个炎热的夏日，妈妈瘫在了沙发上，对所有的食物摇头，哪怕一口水也不愿喝，甚至连眼睛也不愿睁开，十二岁大的弗朗西斯壮起胆子独当一面。

他去了厨房，从冰箱里拿出一罐浓缩橘子汁。妈妈一直以来反复警告我们，没有她的允许绝不能乱碰那东西。而且就算她允许我们动了，我们也得用上五罐清水来稀释浓缩汁，而不是像罐子上那白痴说明书写的按三比一来稀释。可是那一天，弗朗西斯只用了一罐水，用一柄木勺把它压进了冻成冰坨的浓缩果汁里，而后把冰沙状的果汁透透亮亮地倒进了玻璃杯里。他将杯子温柔地塞到妈妈蜷曲低垂的手指间，她的眼睛仍旧紧闭。在她喝下那东西的时候，我真担心要出大事，她的嘴巴就像在吃布丁一样咀嚼着。

“我这次弄得甜了点。”弗朗西斯解释道。

“甜了点。”妈妈说着露出了一个倦怠的笑容。

她伸手抚摸了他的脸。她托着他的下巴，抚摸日渐浓密的胡须连缀而成的阴影。她用拇指和食指轻轻捏住他的耳垂，仿佛那是树叶上坠下的一滴雨珠，随后温柔地从他的头发上拔下来什么东西。那是红河谷里一粒带芒刺的种子。

红河谷。那是地球上的一处伤口，是贯穿我们居住地的一道绿色疤痕，某些地方深达数百英尺，是一处冰川谷，存在了很长时间，比任何叫做斯卡伯勒的东西存在得都要更久。在我们家附近，谷上架了桥，建了一座公园，沿着小河边有一条铺了沥青的人行道。在我们还很小的时候，那会儿妈妈还有点空闲时间，她会带我们去那里野餐。但是很快弗朗西斯和我就更愿意自己过去，完全无视沥青道路，而是下到绿地上去，选择走我们自己突破灌木丛踩出来的一条小径，并且沿着陡峭的斜坡一直抵达苍翠山谷的底端。

幼年时，我们在灌木丛里用树枝搭建了堡垒和藏身之处，当然还用到了硬纸板以及偶然丢弃在那里的家具残骸。我们在小河里搅动嫩枝，翻找成群结队在流水中游弋的斑点鱼，同时也搜寻着其他可能生活在这个公园里但不为人知的小小生命。泥泞之中的痕迹可能来自一只麝鼠、一只浣熊或者一只乌龟。有个夏天，我们用一根棍子把一只龙虾逼入绝境，那只龙虾是紫红色的，浑身斑点，弗朗西斯激动地解释它是怎样通过分裂自己的身体而长大。有个秋天，我们把地上的所有东西都像毯子一样堆积在自己的身上。斑斓的树叶、松针、枝桠、带刺的蒺藜，还有从上面快餐店飘下来的塑料袋和锡箔纸。我们的头发上覆盖着压扁的饮料吸管和灯芯草，我们的脸早已是泥土的颜色。

这片谷地并不是“天然”的，并不是你在野外节目或者历史书上看到或读到的那种无人涉足之境。你也无法假装这片谷地是等待你探索开发的世界，你想象它是一片空白，现在属于你一个人，这里并不是那种地方。但这是我们熟悉的地方，同时也是即便长大成人也依然还会回去的地方。

弗朗西斯十四岁那年深秋里的一个夜晚，我们最后一次去了山谷。距离我们上次一起去红河谷已经过去了很长时间，恐怕有一年之久。我们走到桥边，花了点时间沿着护栏搜寻，试图在灌木丛、落叶以及地面上被吹起的垃圾之中找到我们那条小径的起点。有两辆驶过的车子愤怒地冲我们按响喇叭。最终，弗朗西斯说:“在那里。”于是我们便开始顺着山谷最陡的一处斜坡小心翼翼地往下爬去，而后如脱缰野马般向下滑落，只有抓住灌木或者低矮的树枝才能让自己减速。最终我们触及地面，冲进了一片小小的林中空地。弗朗西斯随身带了一只绿色的帆布背包，当我们在小河边坐下时，他从背包里掏出了一箱六瓶装的默尔森加拿大人啤酒。他拉开其中一罐的塑料拉环，在轻飘飘的一声里打开了它，并且递给了我。我小心翼翼地抿了一口，努力在苦味之中保持脸部不出洋相。喝酒的时候我们沉默了片刻，贴着夜空的树木都变成了黑色的剪影。

在我还是个孩子时，弗朗西斯处处保护我。我比他小，这是当然的，而且不知怎么地，我就是没有办法人模人样地出现。你看我紧张的笑容。你看我的头发，和他的截然不同，全然软趴趴的，永远陷入非洲发型和胭脂鱼发型之间的无人区。在步入青春期时，我对自己的文化品位日益担忧。比方说，我痴迷于“Rush”乐队[1]，或者苦苦蓄起高多芬那样飘逸的长发，我那十四级、能力超多的小精灵，如今忽然被认为是同性恋。弗朗西斯和我这一生都住在同一个房间，但是最近出现了一系列令人尴尬的不便。弗朗西斯经常带新朋友回家，他们有时会抓到我在电视机前模仿莱昂内尔·里奇《一整夜》里的舞蹈。而更严重的时刻，则是他走到卧室里，看见我正对着伊顿目录上的女士内衣图片手淫。

“伊顿的目录？”过后他温和地问过我，并没有看我的眼睛，“真的吗？”

所以当我们拿着啤酒坐在红河谷时，我本指望他能就如何“做到”那种事而给我进行一番颇具引导姿态的说教。然而，我们只是自顾自地又喝起了第二罐加拿大人啤酒。我们静静聆听

1　著名老牌摇滚乐队，20世纪70年代成立于加拿大，在摇滚乐坛有着相当高的地位。

夜晚的声音，虫鸣、水流声以及高高的头顶上呼啸而过的车辆那沉闷的轰鸣。当弗朗西斯真的开口说了些什么时，说的都是住在附近的男孩子们。他提到了斯卡特和布朗曼，泰格和安东，这些人我全都认识。每当我独自一人在校园里或者商业区的停车场时，他们总是会以某种扬扬得意的方式对我推推搡搡，却从没真正弄伤我，只是为了羞辱我，提醒我认清自己的位置。但是弗朗西斯一出面，这种羞辱就会结束。弗朗西斯说这些相似的男孩子们总是在谈论他们所经历的不公平待遇。他们讨论潜在的敌人以及用武器保护自己。

“白痴。”我嗤之以鼻。

弗朗西斯点了点头，而且我看得出来这不仅仅是表示赞同的点头，同时也是一个要点被错过后你会做出的那种举动，你只想继续下一个话题，因为说不清为什么，现在试着去解释自己的意思就有点老套，也有点太晚了。

我明白，既然你是十四岁，那么你就能感受得到。你发现威胁并不仅仅来自那些拥有武器的年轻人，不仅仅是“一伙人”或者“奴役者”，同时还有某种非常缓慢的威胁，甚至是有点古老的。一位母亲怨怪你的到来不合时宜，同时呼吸里却散发着恶臭，那臭味来自她当时没有时间也没有经济能力去修补的牙齿。在弗朗西斯快要成年的时候，他日渐对这个世界感到不满，对自己生来注定的那个位置不满。

等到弗朗西斯十八岁时，他几乎从不和我待在一起，所有时间都是和一些我不认识的男孩厮混。他们的年纪更大一些，来自斯卡伯勒的不同地区，并不只是乐园的人。他们全都穿很肥大的裤子和拉链敞开的运动夹克，头戴招摇过市的帽子，脚踩同样醒目的鞋子。他们会绑着松紧带，上面印着花纹，绕着脑袋一圈勒进五颜六色的头发里。他们的言谈举止表现出某种超越斯卡伯勒，远达纽约、洛杉矶和金斯敦的特质。他们似乎有着自己独特的语言，当他们通过触碰手来同弗朗西斯打招呼并且共享一个私密的笑话时，我看得非常仔细。然而当我试图打进他的圈子，说着“兄弟兄弟”或者过分积极地赞同任何话题（“没错，我们自己人确实酷毙了！”），每当这时就会有着非常难堪的沉默时刻，他们都会看向我，然后再看向弗朗西斯，随后再看向我，仿佛他们不能理解我们之间的关系，也好像是搞不明白遗传学上究竟哪里出了问题。

“嘿。”弗朗西斯会对我说，“你能给我们一点空间吗？”

在这个家里，他仍旧会在结束工作后帮助妈妈，而她也仍旧会抚摸他的脸庞。然而他们之间这种相互支持的感情近来愈加紧张起来，一种未被说破的易怒和紧张感似乎随着日子的流逝在一天天加剧。到如今，只要她碰到他的身体，就意味着粗鲁，代表着“尊重”和“基本文明”的缺失，那都是他通过头发、衣着和姿态发射出的信号。不过最大的战争通常都是关于学校。像我一样，弗朗西斯几年前就从学术课程班被赶到了基础班。他对整件事都表现得很酷。他新近习得了对学校事务漠不关心，从而完美反击了学校对他显而易见的冷漠。但是在他高中生涯的最后一年，他对一个老师爆粗口说“滚你妈的蛋”，因此被驱逐出教室，并被老师威胁说要报警。“这是你唯一的一次机会！”妈妈一遍又一遍地重复。

弗朗西斯再也没有回过学校。他做过一系列临时工，默默无声地往冰箱里放食物。他努力工作，证明自己并没有浪费生命，等他回家来的时候，看上去就像我们的妈妈一样筋疲力尽，而这只会让她更生气。紧接着，就在那个夏天，就在你能够感受到高温来袭的时刻，他们之间的对垒爆发了。妈妈被一个邻居叫到一旁，嚼舌根说弗朗西斯把所有的空闲时间都花在了戴西里，那是一家理发店，充斥着有不良记录的男孩子们。

“告诉我不是的！”她尖叫道，“看着我的脸向我保证你没有去那里！告诉我那些男孩不是警察们的常客！”

弗朗西斯早就学会了不要直接跟我们的妈妈吵架。看上去他好像是在听她说话，但始终没有正视她的眼睛，采用这种方式就不会表现出愚蠢的疏远或者挑衅。但是这一次，当她湿漉漉地裹着外套站在那里时，弗朗西斯的花招没能奏效。他别想无视她，妈妈警告了他。他别想假装什么事都没发生一样默默走开。

“你是我儿子！”她吼道，“你永远也别想成为一个罪犯！”

或许是因为妈妈说这个词的时候的发音，由简洁的标准英语开口，却滑向了她充满乐感的特立尼达岛口音。罪——犯——又或者是某些别的原因，某种不知不觉间累积起来的不公平与必然性，反正弗朗西斯笑了起来。片刻之间，妈妈只是直勾勾地盯着他看。当她打向他的脸时，忘了手里那把黄铜钥匙。

当弗朗西斯缓缓抬起手来触碰自己的脸颊时，房间里寂静无声。他的双眼因为疼痛和惊讶不停眨巴，一道细细的红色线条从他的肌肤上渗了出来。而后他的目光陡然一变，他笑了。就好像，该怎么说呢，仿佛是某种胜利。

一个月后，笼罩一切的高温降临，这是种无人可以逃脱的物理压迫。自然的力量摧枯拉朽，就像你只在传言中听说过的暴徒。清晨弥漫着险恶异常的红色雾霾。到了下午，空气里则充斥着甜腻的苦痛，闷死你所有的希望，让呼吸都变得困难不堪。即便到了夜里，也仍旧没有缓解，热浪在我们的房间里蒸腾了一整日，让人几乎无法待在屋里。一天晚上，妈妈下了班回来，径直走向自己的卧室，头发被汗水粘在额前，没有看到弗朗西斯小心翼翼为她倒好的一杯水。等她关上了身后的房门时，弗朗西斯让我出去说说话。

我们去了一个不太远的废弃停车场，离我们的房子不远，周围都是附近的混凝土公寓塔楼，那里有麦当劳、斯考特自行车行，还有其他只有门牌号的房子。有些年纪略小的孩子正骑着自行车在停车场里兜圈子。其中一个人害羞地举起手来，冲弗朗西斯挥了挥，这是一个男孩儿偶尔会对比自己年长且赢得一定名望的男孩做的事情，但弗朗西斯无视了他，这孩子便回去和自己的朋友开起了玩笑。

“我要走了。”弗朗西斯对我说。

“什么？去哪里？什么时候?”

“很快。可能就这几个星期的事儿。我正在计划细节。”

“妈妈怎么办?”我问他。

“我很快就会告诉她。”弗朗西斯答道，“她会理解的。”

“可是她需要你的帮助。”

“你也可以帮助她。她会没事的。还可以少养活一个人。”

“但是她很依赖你。”

“得了吧，迈克尔。”他对我说，“我并不是要丢下她。我会寄钱给她。而且她很强大。她储存了许许多多我们根本就不知道的东西。”

他呼出一口气，摇了摇头，举目望向公寓塔楼，望向它们暗沉的窗口，在热浪侵袭的时刻，窗内的灯光都开得很暗。我很清楚地记得，在那个瞬间，我看着眼前这片风景，忧心忡忡。仿佛我熟悉的整个街区都被魔法变没了，就像是某种力量溜进来，做了这样的事情。

那个星期早些时候，我们听闻乐园里有了麻烦。在一些年轻人当中产生了争执，最终扩大成了暴力事件。不是那种为了炫耀而夸夸其谈的打架，而是夹杂着大量恐吓的动粗，可能还有擦枪走火，不管是不是真有其事吧，反正是一场真正的斗殴。有个家伙被一伙男孩给狠狠抽了一顿，他的肋骨断了，手指被踩了，头发被浇上了打火机里的液体，然后点燃了，在黑暗中闪着微弱的蓝光。“一个光圈。”安东跟我们说过。他咧开嘴笑了。

弗朗西斯和我都深谙，这种道听途说的街坊邻里间的不靠谱传闻都不要太过相信，即便是像安东那样的男孩说的也不足信，事后证明他也就只是知道那么一点点而已。但是那天晚上，在哥哥和我回到自己的街区时，我们被刺激到了，我们瞧见一群并不认识的男孩在我们的住处附近来回兜圈子。他们冲彼此嘶吼。“宰了你这个傻瓜。”“好啊。来吧。”有人在一个阳台上喊道：“我们已经报警了。警察们马上就来。”然而吵吵嚷嚷的声音越来越大，恐吓咒骂也愈来愈激烈。

“别碰我，废物。”

“操你妈。白痴。”

“嘿，黑鬼，你想要吗？你想要吗？你这婊子。”

我们加快了脚步，避之不及，远远地躲开他们。然而等我们到了房子的转角时就听见了那个声音。短促的爆炸声，像是汽车引擎回火，几乎算是很平常的声音。紧接着我们又听见了另一声爆炸，紧随其后便是一连串的爆炸声，我们不会弄错的，这绝不是普通的声响。我们周围又爆发出几声枪响，几码之遥的砖块碎片瞬间崩裂出来，地面上的沥青升腾起烟雾来。我们应当马上离开的，但是我们没有，即便已经有更多枪响回荡在耳畔。就在这时，我们家那栋房子的拐角处有脚步声冲我们跑来。就在脚步声的主人出现在我们视线中时，又一声枪响，就像万圣节阳台上南瓜坠落的轰响，那个正在奔跑的人倒下了。

那是安东。虽然他的脸扭了过去，可那一身海军蓝的田径套装让我认出来是他。他发出如同动物般微弱的哼响，一只湿淋淋的粉色气球似乎脱离了他的脑袋。我打算逃走，而弗朗西斯却凑过去想看清楚。他俯身查看那具尸体。他伸手去触碰安东的脸颊，随即又如同被灼伤一般缩回了手。

“弗朗西斯。”我小声呼唤。

又一声枪响，可我的哥哥却没有动弹。他看了看自己的手，试图在裤子上擦掉手上的什么东西。我又叫了他一声。随后又是一声枪响，随之而来的是更多的喊叫。

“弗朗西斯。”我又唤了一声。

直到我们听见了凄厉的警报声，他才转向我。在这脆弱而隐秘的微光里，他的脸庞因震惊而一片惨白。

跑，他对我说，却没有发出声音，他的嘴巴只是做成了这个词的形状。

我们还没有跑多远就有一辆警车从身旁呼啸而过，后面紧跟着另一辆警车，转了个U形弯冲向我们身后一个散发着橡胶臭味的小车站。随后传来房门打开的声音，还有命令声，高亢而急迫。人行道上穿着靴子的脚步跑向我们，我们又感觉到一阵恐慌，就好像是从某个古老而漆黑的梦境里升起的恐惧。

追到面前的警察拦住了我们。这种事情向来有一套例行常规：我们都知道，只要你小心翼翼地同他们合作，最终都能被释放，如果不是自尊受到羞辱，至少也要受点皮肉之苦。但是那天晚上，我们却感受到了此前从未有过的紧张。晃瞎眼的大灯打在我身上，我根本无法执行他们的指令。我注意到弗朗西斯双手放在脑袋后面，我也意识到自己应该照做，但是我做不到。我感觉到有个警察抓住我的肩膀把我拖了过去。我听见弗朗西斯说着“嘿”，同时本能地朝我伸出手来。

在接下来发生的事情里，我算不上是目击者。因为从整件事一开始，我的脸就被压在地上，背朝弗朗西斯的方向，但我能听到身边的争斗，一记猛击，沉重肉体发出的空洞声响，肺部和嘴巴里粗重的呼吸声。我被戴上了手铐，押进了一个可以坐着的地方。我感觉到弗朗西斯就在我身旁，我不得不伸长脖子去看他，他也同样笔直地坐着，戴着镣铐的双手背在身后。他的颧骨上有血迹，那似乎就是最糟糕的伤势了。我悄无声息地想要他看到我的眼睛，但是他不看我。

“弗朗西斯。”我对他耳语。

“闭嘴。”警察开口。

“弗朗西斯。”我稍稍提高了一点音量。

“我他妈告诉你了给我闭嘴。”

我们很幸运，因为最终并不需要我们为自己做任何辩护，他们通过推理得出结论，我们并没有直接参与骚乱。他们打开了手铐，让我们坐到了街边。在接下来的一个小时里，我们目睹了一连串汽车匆匆朝我们住的那栋房子驶去。一辆警车，一辆消防车，三辆救护车，两辆新闻车。

另一辆警车停在了我们跟前，一个年纪稍长的光头警察从车里出来，同其他警官交谈。这个老警察听着那两个打了我们的警察说话，在他听着的时候，顺手从口袋里掏出了一片口香糖，然后又掏出了第二片，一起放进嘴巴里嚼了起来。看起来他对我和弗朗西斯毫无兴趣，在听了很长时间以后他才蹲下身来，薄荷味的呼吸喷到我们脸上。其中一个警察给他提供了一双医用手套，但是他摇了摇头，用自己赤裸的手非常轻柔地将弗朗西斯的头转向街灯照射的方向，这样才好检查他颧骨上的伤口。我哥哥猛地把脸扭向一边。警察站了起来，兀自嚼了一会儿口香糖。

“好了。”他说，“我们送你们回家。”

整条路几乎变得难以识别。我们居住的地方，像一个犯罪现场，应急灯光交错投射。闪着灯的警车沿着道路上上下下停靠，停在空地上，也停在院子里柔软的草坪上，车身后面拖着长而疲惫的泥泞车痕。这里有两辆、三辆、四辆救护车，同时还有配备圆盘式卫星电视天线的新闻车和跑来跑去的报道员，他们手里的麦克风闪烁着电视信号灯。在这些光线的映照下，我从出生起就无比熟悉的这栋楼变了模样。这栋粉刷着泥灰的低矮建筑看上去就像一个没洗澡的孩子的脚底板。阳台栏杆上的铁锈和公寓塔楼上的火灾出口看上去丑陋极了，仿佛有传染病，就像冒着泡的疹子。就连那些最司空见惯的晾衣绳上等待晾干的衣服忽然间都变得可疑起来。挂起来的宽松裤子和纱丽，还有小宝宝那乱糟糟的无袖套衫，它们之间仿佛在密谋着什么。

我们的很多邻居都聚集过来观望，有些人在自己的阳台上，有些则站在院子里光洁的台阶或者羊肠小道上。一个男人怀抱一个不肯入睡的小婴儿。一个小女孩儿握住妈妈的手，一群小家伙此刻也静静地注视着眼前的情形，通常情况下他们都精力充沛，嗡嗡嗡吵闹不休，相当恼人。我是在这些人之中长大的。我认识他们的面容，也知道他们姓甚名谁。有康伯巴奇夫妇、兰佩萨德夫妇和诺瓦克夫妇。他们脸上的表情一片茫然，或许是因为光线太过强烈，或许是因为他们不想为了别人放弃任何东西。不过大部分人的样子都是你在被人盯着研究浑身难受时才会表现出的样子。在你被人围观的时候，你也同时努力观察别人。

但当时占据了我整个脑海的人是妈妈。警察带着我们回家时，她正站在门廊上，仍旧穿着那身蓝色的清洁制服。她眼看我们两个人在警察的陪伴下走近，不过主要看的是她的大儿子，在这个暴力之夜，他不知怎么地竟无法同她对视。

“女士？”警察问道，“你是他们的母亲吗？”

她点了点头听着，但是她的目光越过了警察，落在紧盯这边的邻居们身上。汗水与油光让她的脸如面具般闪亮，她看上去有点像个偶然绊倒在舞台上的演员，如今想要弄明白自己的角色却为时已晚。

乐 园

在过去的十年里，我一直小心翼翼地对待妈妈。过去令人不安，因而但凡提起过去，我一直尽力维持在最小限度。我早已扔掉了那些属于弗朗西斯的东西，以免她睹物思人，心烦意乱：他的音乐会短袖衫和运动鞋、他那帽檐上残留着风干汗渍的蓝鸟队棒球帽。

我之所以处理掉这些东西并不是为了杜绝我的妈妈想起自己的儿子，而是为了让我们两个人都有各自的时间和空间来面对失去。弗朗西斯刚刚离开的时候，妈妈根本没有办法工作，完全动弹不得。然而在过去的几年里，她逐渐能够照顾自己。她帮我做饭，做家务。她在社区活动中心里有一份做清洁的兼职，这份工作的收入只能覆盖我们家庭开支的一小部分，好在不需要她长时间通勤。她是一个很好的证明，证明了那些经历了重大失去的人同样可以活下去。她还是少有的那种女性，正如艾莎今晚刚来时所指出的那样，她能在一台电视机前一动不动盯着看。尽管生活并不尽如人意，但她仍有自己的快乐时刻。

几个星期前，她穿着为冷空气到来准备的干净衣裳离开了家，也穿了合适的鞋子，戴了暖和的帽子。她并没有离开太久，可能只有两到三小时，但已经长到足够令我担心了。然而当她回来时，我就明白了一切。她是在和装满干掉的豆子、香草、五香粉的食品袋做斗争，同时还有一个装满米的布袋子，绿叶菜从上面探出头来。这不是那种我经常提供给她的便于加热的方便食材，而是要在斯里兰卡人、菲律宾人和西印度商贩聚集的地方才能买到的东西，那些商店都在西边几个街区之外，都是些你得花时间去准备的食物。于是我恍然想起了这一天的日期。等到半夜就是弗朗西斯的生日了。

“我来做饭。”她说。

我帮着她打开袋子。芋头、番荔枝，还有菩提，都是些我小时候一知半解学到的名字，以同样的方式我学会了“梨”压根就不是真的“梨”，而是鳄梨，“无花果”是绿色的香蕉，而“面包果”既不是面包也不是水果。妈妈并没有花太多时间做饭，只是当她去忙活的时候，她哼起了一段古老而悲伤的旋律，她把小扁豆泡起来，切蔬菜，烘烤调味品。她做这些的时候一气呵成，而我以为她早已丧失了这种能力。也有一些出了差错的时刻。一罐米撒出来的时候她就那么呆呆地盯着，而后大蒜在平底锅里冒了烟，变苦了。她给卷心菜剥了皮，但又继续摘除叶子，最后除了她惊慌失措的双眼和颤抖的一双空手外，什么也没剩下。

“哦。”她有气无力地开了口。

“没关系的，妈妈。”

“哦，亲爱的。”

直到饭菜做完，还有些食材连碰都没碰，但她做好的食物很不错。米饭是和豆子还有小块排骨一起做的。一锅盛满鲜红小扁豆的炖菜。一盘苍白的蔬菜，小火慢煮，煮成了浓郁的深橘色。她用上好的餐巾和刀叉布置了餐桌，在她摆上第三只餐盘和第三杯加了一滴柠檬汁的白水时，我没有吭声。我们吃了饭，稍后看了晚间新闻，而后各自回了卧室，我原本以为能够好好睡一觉的。

黑暗中的起居室里传来声响，把我弄醒了。我走出房间，并不真的担心有闯入者，却同样充满了恐惧感。我发现妈妈在厨房里，坐在地板上，正在悄声讲电话。她拼出了一个名字，“弗——朗——西——斯——”她解释道，“请帮我找他来。”她发现了我，连忙把听筒从耳朵旁拿开，我能听见那个恼火的接线员正在询问姓氏。妈妈轻轻挂断电话，在开口说话前先站了起来。

“我明白的。”她对我说，“我知道他已经不在了。”

我相信了她。我知道只有那么一瞬间，在即将入睡的边缘，我的妈妈想象会有那么一个她可以拨打的国家代码，有她可付的长途电话费。

我们在乐园里的邻居们也曾目睹过这样的情形。有几次妈妈似乎走了神，或者盯着什么地方不动弹，又或者是陷入了过去而难以自拔。有些邻居对那个夏日伊始的枪战事件还有记忆，但是新的居民总是源源不断地拥进乐园，他们对此一无所知。他们总是在充满挑战的环境下到来，他们从加勒比海来，从南亚来，从非洲来，从中东来，从类似贾夫纳和摩加迪沙那种地方来。对这些新邻居来说，总有一段与我的妈妈和我密不可分的故事，一个通过每个人的独创都更添惊恐成分的故事在邻里之间一遍遍被讲述。事实上这是一个很模糊的故事，关于一个年轻人深陷“麻烦”，同时他的弟弟则背负着“过往”继续前行，他们的妈妈如今则显示出了逐渐“变疯”的趋势。

有些邻居彻底避开了我们。在我们经过时他们会嗓子发紧地说声“嗨”，如果我们恰好要走同一个方向，他们就会加快脚步。但同时还是有许多善意的举动。直到今天，都还有盛在盘子里的食物时不时放在我们家门口。黄秋葵肉饭、炖鸡，毫无疑问是加勒比风味的。有时候送来的菜是我们并不那么熟悉的：一碗炸黄金蔬菜或者一盘调过味的米饭，浸泡在汤汁里，用树叶包裹起来。大多数情况下这些饭菜都没有留下送饭人的名字，东西都盛放在某种一次性的锡箔纸盘里，很明显不需要我们归还回去。不过很偶尔的，食物会装在柯宁玻璃器里送过来，一旦这个东西出现，就说明有人想打探一下我妈妈的情况。这就是为什么，仅仅一周之前，我打开门来，又是亨利太太。

你必须得了解一下亨利太太。她是这一代相当合格的母亲之一，是堕落人群中有气魄又很严苛的进取者，对那些拥有麻烦不断、任性妄为的孩子的家长们来说尤其如此。她是附近五旬节教会的一名元老，并且她会马上就让你知道这一点。早上她一般在一家工厂上班，把鱼装进罐头里，不过她通勤过去的时候会戴宽檐帽，穿优雅的全身长裙。她有三份工作，她会这样宣称，还有一个在唱诗班唱歌的儿子，而这一切都不算什么，她会这样告诉你。而她又是如何在西印度长大的呢，在那个地方她一直渴望反抗那种邪恶和不道德的淫秽之风，而这股风气也同样折磨着斯卡伯勒和它的年轻人。她是法律与名望的完美化身，有着深色的面容，散发着恰到好处的立马可花露水香味，是薄荷糖的清凉味儿，还擦了椰子润发油。

“晚上好，亨利太太。”我招呼道。

你总是会对一位像亨利太太这样的女士说“晚上好”，你不会试图说“哈喽”，或者更糟糕点，直接说“嗨”，这一带的孩子无论多蠢多倔，都不会冒险对她说“咋了”这种话。不过对于我恰当的问候她几乎没有回应。她询问自己的盘子，我就给了她，是刷好的。她又问我是否等到炸鱼凉透才放进冰箱里，“避免水分过多”，而我说是这样做的，但我是在说谎。我很真诚地感谢了她，而后才想起我应尽的待客之道，于是提议请她进来喝一杯茶。她看了我一眼，是我经常在邻居们脸上瞧见的那种神情。这种闻到了什么东西似的尴尬神情通常都伴随着某种直觉，他们从空气里仿佛闻出了有什么东西躺在那里，没有被埋葬。她又看了我一眼，是更温柔一点的眼神，或者还略有遗憾。

“下次吧。”她说。

我并不责怪邻居们避开妈妈和我。他们都背负着属于自己的过往，以及自己对于真善美降临的期待。他们因为语言、宗教信仰和肤色被贴上标签，他们的工作往往也都是暂时的，极易丢失。基于以上这些原因，如果他们偶尔对妈妈表现出惯常的友善与慷慨，就会容易招致攻击，他们同样明白名誉受损的代价，也知道这样的事情总是会让人臭名昭著。我听说有些邻居又拾起了旧日的技能，在工作申请上填写伪造的地址，因为害怕承认了和乐园之间的联系，会更进一步损害他们本就一团乱麻的生活。

不过这些对我来说都没什么。我的生活里并不需要别人。我并不想要客人和充满提问的对话。我自然也不愿妈妈碰上更戏剧性的事情。事实上，十年的时间并不足够用来修复什么。可是现在，我们的房子里确实有了一个客人。

至少今天晚上我已经避免了不必要的对峙。事实上，艾莎来到我们家，并没有我原本以为的那么令人难堪。在她说出弗朗西斯的名字后，我点了点头，而后那天晚上差不多就是把她独自留在我的房间里安顿整理。我到起居室和妈妈一起看电视，她的目光越过发光的屏幕锁在更远的某处，直到一个太阳眼镜的专题广告片开始她才站起来，回到了卧室，这样我就能在沙发上舒展开来了。从这一刻起，我就一直清醒地躺在客厅里，因为窗外驶过的车流噪声很大。

而此刻，在濒临睡着的边缘，恐慌与混乱引起的晕眩袭击了我，我又想起了那场枪战。起居室里跳动着应急灯光，我花了点时间才辨认出这些灯光是来自去往大街的扫雪车和道路撒盐员。

我瞬间醒了过来，眯起眼睛抵御起居室窗口射进来的天光。妈妈穿着浴袍在厨房，不知道为什么在做早餐的时候没有叫醒我。不过现在又有了另一个谜团。我查看了一下屋子，发现艾莎已经走了，不过她的背包还在卧室里。她是怎样在丝毫没有惊动我的情况下从我眼前溜过去并且出了门的呢？

等我回到起居室，妈妈也有她自己的问题要问。

“那个女孩。”她开口了，“在你床上……”

“她只是个朋友，妈妈。艾莎。她原来是我们的邻居，还记得吗？她和她爸爸一起住在二单元。她在学校里脑袋很灵光。”

“她是那个拿了奖学金的女孩。”妈妈说着点了点头，“她现在做什么？”

“我不是很确定。”

“你不是很确定？”

“不，不确定。”

“她的牛仔裤也太紧了。”

“并没有那么紧，妈妈。是这样，她爸爸……前不久刚刚去世。所以我邀请她来这里过一段时间。”

“在你床上过一段时间。”她抱怨似的嘀咕了一句。

“她是为了这个地方才来的。为了来看看，为了回忆。”

我知道我提高了音调，不过我是在同自己做斗争，因为对于邀请她来的必要性和明智性我自己也心存怀疑。我仍旧不明白自己怎么会睡过头，不明白艾莎为什么要从房子里溜出去，而现在，我又有别的事情要去做了。所以当妈妈又开始询问这个出现在她房子里的女人时，我用了平常不太会对她用的词句。“她是为了悲伤才来的。”

她安静了，捏了捏喉咙周围的浴袍。那一瞬间，我几乎为强调了这一点而感到羞愧。然而当妈妈回应我的时候，她的声音礼貌而真诚。

“可怜的小东西。”

我没有时间等艾莎回来，因为已经要迟到了。我匆匆忙忙地为自己打包了吃剩的米饭和豌豆，步行十个街区去易购上班，那是一个大型折扣超市，它取代了一个很有年头的单排商业街。我已经在易购工作了五年，但我深知，一旦出了什么差错，或者到得太晚，我可能就是在拿将来的就业冒险。店里的生意向来很好，过道上挤满了不断往购物车里塞东西的客人。换工作越来越困难，因为越来越多的人愿意工作，而可提供的岗位却没有那么多。

副经理曼尼如今住在港口枢纽一个他炫耀为“好住处”的地方，但他就是在乐园区长大的，离我家不远。而且他同乐园仍有关联，可能是家人或者朋友，因为他不知怎么总是能够监视我的日常举动。他知道我总是在住处周围神出鬼没，没有任何正当理由四处漫步，而在没有轮班的日子里，他发现我会在公共图书馆里虚度时光。通过和我之间这种虚假的熟悉，他认为在休息室里当着其他人的面训斥我是理所应当的。他训斥我竟敢冒天下之大不韪结交错误的人。他教育我人们应当通过自力更生、勤俭节约将自己拔出泥潭，而不应期待救济。这事关态度，事关是否具备正确的观念。最糟糕的是，每当曼尼突击搜查我们的储物柜，搜查是否有毒品或者小偷小摸时，总是无功而返，但这种搜查可能首先就不是合法的，可我们除了忍受之外根本别无选择。“如果你们什么也没做，就没什么可担心的，不是么？”他解释道。有一次他在我的储物柜里发现了从图书馆借来的《乔凡尼的房间》。他对着封面上金发碧眼的男人傻笑，随后大声开起了玩笑，内容是撬开椰子还有储藏室里等着拆封的奥利奥饼干。“你知道的，”他拍着一名新来员工的胸口，向他解释道，“金玉其外，败絮其中。”

我所有的同事都是临时工，并且都有家庭，所以没有一个人敢反抗他或者表达愤怒。而我也同样得小心翼翼。我认真工作，但是曼尼对我的困境一清二楚，他知道我不得不在这里工作，因为妈妈得在离家比较近的地方找工作。还有，除了有关施舍和腐败的警告外，曼尼还很乐于用一半的低廉薪水私下雇佣那些走投无路的人，而后再悄悄同经理一起瓜分剩下那一半薪水。

所以今天我又被安排和一名新员工搭档，这倒并不意外。他的头发已经灰白，但是皮肤下的肌肉和静脉却像粗麻绳一般结实。我同他打招呼时他只是点了点头，并没有吭声。接下来我们就开始了长时间的卸货、给冷冻物列清单、给产品线上成打成打的物品装盒、烘干或者装罐。含糖谷物、果汁、饼干和薯条。工作无穷无尽、不断重复，三个小时后我的胳膊就失去知觉了。我同事的年纪看上去是我的两倍甚至更大，但是他很强壮，是他推动着我完成了工作。休息时间，我试着同他说话，可他仍旧只是点点头。

我们终于熬到了最后一小时，结束工作时早已四肢僵硬。我站在他旁边，从储物柜里拿出外套，我试着说点有意思的短语，是我从泰米尔语和塔加洛语里学来的，希望不要显得太下流。

“讲西班牙语吗？[1]”我又试了一下。

“我说混球，我是从米西沙加来的。”

1　这句原文为西班牙语。

夜幕里我独自一人步行回家。我瑟缩着身子抵御朔风与寒冷，我的脊椎里有着如针刺般的烧灼感。一辆飞驰而过的汽车溅了我一身稀泥，我湿得透透的，比昨晚和艾莎在一起时还狼狈，于是我的思绪自然而然不无苦涩地转向了这个被我邀请而来的女人身上，毕竟我自己的家庭情况已经够复杂了。我们是在挣扎度日，妈妈和我都是，这有着多方面的意思，我们没有必要再承担更多悲痛，尤其是某些并没有被困在家中也不需要做屎一样工作的人。她是拥有选择的人。她是打算离开的人。

风中那种生了锈的金属声响短粗刺耳，愈加响亮，我抬起了头。在旁边一栋塔楼的院子里是一块沥青路面，有一组秋千在我很小的时候就存在。秋千上有个小孩子在使劲发力，每一次俯冲出去的时候身子都拼命向后靠，每次荡出去的时候链条都会变形。随后我发现秋千上并不是个孩子，而是个成年人，穿着包裹全身的雨衣，敞着怀，黑色的裙子又长又厚重，她的衣服上下翻飞。我走近了一点，看清了她的脸。

“艾莎?”我唤道。

她没有回答，可能没有听见。我看着她脑门上的油光。我看着支撑秋千的柱子在湿淋淋的地上危险地摇晃。

我在那个闷热的枪战之夜发现她也在场，警察带着弗朗西斯和我一起跟妈妈站在门前的台阶上时，她就站在那些静静围观的邻里之中。她把头发绑成一束，搭在脑袋的一侧，是那种松松散散不太讲究的马尾，她当时和她的爸爸站在一起，他的手搭在她的肩膀上。我鼓起勇气小心翼翼地挥了挥手，但是她并没有回应我。她就那么看着我，仿佛是第一次看见我似的。我不死心又挥了第二次手，她这才回应了我。是那种偷偷摸摸的挥手，手离身体很近。

警察正跟妈妈解释发生了什么，以及他们为什么得拦下我们。当时发生了争执，可能是一桩生意黄了。枪都上膛了。两个年轻人受了伤，跌跌撞撞地想逃走。发生了死亡事故，是警察们知道的人，不过还有其他伤亡者，警察对我们说明了情况。

子弹射入了玻璃门窗。一个不相干的人被射中了手臂。一枚射偏的子弹打穿了某个单元薄薄的墙壁，打中了一个正在睡觉的七岁女孩儿。

“小女孩儿。”妈妈嗫嚅着，仿佛是在自言自语，“一个睡着的孩子。”

自从目击了安东被枪杀，弗朗西斯就如同行尸走肉一般，他目光呆滞，飘忽闪烁。但是妈妈的话把他给摇醒了。他和我对视了片刻，但之后就垂下了眼。妈妈现在正盯着他。警察向她保证我们不在被调查的范围内。关于歹徒的名字和嫌疑人的藏身处已经有了线索，只是由于我们处在枪击案现场，所以为了案件进展他们需要对我们做一些问询。他们对弗朗西斯和某些嫌疑人有所关联表示担忧。妈妈点了点头，并且说了两遍她的儿子们会全力配合。警察们同时也鼓励她同他们联系，如果她觉得自己能够提供任何有用信息的话。都会是匿名的，他们保证。我们的身份信息会受到保护。

“我们会配合的。”妈妈又说了一遍，“我们保证。谢谢你们，警官。”

在他们离开的时候，她还在不停地表达感谢。而后她开着门，让弗朗西斯和我进去。她很小心地在我们身后关上门，过了一会儿才放开门把手。她似乎是集中了身体里全部的能量才能面对我们。

“你们会……告诉我……所有事情吧。”她说。

她看着的是弗朗西斯，但是他没有看她的眼睛。她又把刚刚的话重复了一遍，而后问弗朗西斯是否听见她刚刚说的话。他则咬着指甲，一点点往下咬到了肉。他检查了小拇指尖端的破损，挤出了鲜红的一滴血来。

“弗朗西斯！”

他没看路就往后退去，在冲向卧室的时候撞倒了一盏台灯。妈妈和我跟着他，在他忙东忙西的时候，我们就站在门口。他抓起自己破破烂烂的包，阿迪达斯的，红白相间，他在屋子里转来转去，什么好拿就拿什么塞进包里。

“你在干什么？”妈妈问道。

他没有回答，只是不断往包里装一些必需品，内衣袜子之类，不过也有些奇怪的东西，比如那件十年前他就拒绝再穿的无袖毛衣，是驯鹿图案的。当他从一只抽屉里拽出了所有帽衫，并且试图一股脑儿塞进自己的包里时，妈妈抓住了帽衫的袖子。

“你要去哪儿？”

“哪儿也不去。”他说。

“我是在问你问题。哪里？”

“没哪儿。拜托放手吧。”

“你得告诉我你要去哪儿。”

“拜托让我走吧。求你了。”

妈妈试图从他手里抢回帽衫，两人之间出现了短暂的争执，当弗朗西斯用自己的力气和体重从她紧抓不放的手里一把扯过帽衫时，妈妈向前摔去，脑袋狠狠撞在了双层床上。她一动不动地看着自己的大儿子，沉默不语，她的手捂在额头上，眼睛放大，眨个不停。

那天晚上，自从枪击事件过后，弗朗西斯湿淋淋的脸上头一次出现了痛苦的神情。妈妈检查了一下自己的手，想看看是否有血迹，结果没有。弗朗西斯说了“对不起，对不起，对不起”，而后他就带着他的帽衫和包逃出了房间。前门只传来了打开的声音，并没有关上的声音，安全链叮叮当当地响着。

妈妈和我整晚都在等弗朗西斯回来。等到凌晨三点，她回到自己的床上，穿着自己有污迹的工作服躺着，鞋子也没脱，额头上有个鸡蛋大小的肿块，是丑陋的紫色，她不让我管。我放了一杯水在她旁边的桌子上，还放了些薄脆饼干和香蕉片，但是她一口也没吃。我从起居室里把电扇搬过来。她没有吭声，一动不动，甚至连眼睛都不眨。

“休息一下吧。”我对她说，“我来担心弗朗西斯的事。”

在提到他的名字时，她紧紧地闭上了双眼，而后我做了自己承诺要做的事情，我来担心弗朗西斯。我仔仔细细地回忆了他的那些新朋友，尤其想到了一个枯瘦如柴的家伙，名叫杰利，我知道他和安东住在同一栋楼里，并且成了弗朗西斯最要好的朋友。我知道杰利也被警察拦下来了，不过很多人都被拦了。我很好奇弗朗西斯可能会去哪儿，他在哪里才能找到安全呢？

一个名叫杰利的男孩。一处名叫戴西里的理发店。

当天空充盈深橘色的光线时，你就知道，高温会像前一天一样沉闷难耐。妈妈去了浴室，随后又去了厨房，穿着干净的工作服。她坐在厨房的桌子边吃粥，就在她准备站起来时，又瞬间坐了回去。我盯着她看。她眨了眨眼睛，用指责的神色看向我，随后站了起来。

“我很好。”她说。

“我和你一起走到车站。”

警车和新闻车仍旧堵在我们这片街区，一小群邻居挤在车站遮蔽出的倾斜的阴凉里。女士们都穿着干净的制服，男士们则穿着厚厚的牛仔裤和安全靴，每个人的衣服在脖子周围和腋下都被汗液浸得黯淡。这些人恐怕和昨天晚上围观警察带我和弗朗西斯回家的人是同一群，但是我认不出来。没有人愿意同我们的目光相接。

一辆满满当当的公交驶过，连一个乘客也塞不进去了。温度每分每秒都在攀升，即便如此大家也都仍安静如初，但是双脚不耐烦地倒来倒去，还有些人往我们这边瞥。

“暴力青年。”一位女士说道，“野兽。罪犯。”

她说“罪犯”这个词的口音和妈妈一模一样。

等车的人没有一个抬眼的。天气实在太热了，大家根本没力气回应或者附和这种话题，毕竟这种话题对每个人的影响并不是那么直接。

“他们的父母，”她说，“总的来说，都是因为他们的父母。”

妈妈的脸看上去已经准备好要垮掉了。这很难描述，就像是看着一颗玻璃球掉进了一幕慢镜头电影。那一秒钟的片段就在玻璃撞击地面之后，它还是个球，但是布满裂痕，你知道它作为一个球体不会太久了。

又过了十分钟下一辆巴士才过来，妈妈上了车，站稳，扶好把手，脸色这才恢复过来。公交车继续前行，在它开走的时候伴随着要把人煮熟的难闻烟味和沥青地面升腾起的灼热。街道和周围的世界全都闪闪发光，我的肠胃深处涌起一阵不适，头晕眼花。我可不想摔倒，所以我沿着车站玻璃的那一侧缓缓滑坐到人行道上。

直到那个瞬间，我才发现我和艾莎之间的关系是建立在最脆弱、最不确定的联结之上的。在此之前我从来没有想过要去敲她的门，而且我知道，在枪击案的混乱刚刚过去的酷热早上去做这件事，确实是选择了一个最糟糕的时间。我走来走去就走到了她住的那个单元，连续敲了两次门。猫眼里的黄色灯光闪烁着，仿佛有人从里面在窥探我，而后门锁打开了，安全链也解开了，开门的是我最不希望见到的人。

艾莎的爸爸并不是乐园区里唯一的单身父亲，但他是最特别的单身父亲之一。

塞缪尔瘦瘦小小，话不多，肤色很黑。他和我们的妈妈来自特立尼达岛同一个乡村地区。据说他在那里曾是一名老师。但是在这里，他的工作是保安，他的工作服总是比他本来的身材至少要大上三倍。他那松松垮垮的裤子在风里沙沙作响。他负责驱赶那些在商场座椅、门口以及快餐店徘徊游荡的小孩子，他和弗朗西斯还有我打过一两次照面，但是在那个闷热的早晨，他站在我的面前时，我一点也没有想到之前的照面，他盯着我的眼神充满了怀疑，是那种在前一天晚上目睹我们被警察带回来后你能想到的最犹疑的眼神。

“有事吗？”他绷着脸问，“有什么能帮你的吗？”

艾莎救了我，她喊了出来：“没事的，爸爸。”并且飞快出现在了她爸爸身后，踩过了几只拖鞋。她的头发是湿的，她穿着一条短裤和一件背心，肩膀和后背全露在外面。在我目睹这场发生在父女之间的微妙谈判时，竟然感到了某种充满刺痛的愚蠢渴望。他们正在同彼此说话，虽然小声但是很激烈，随后艾莎的目光里释放出非常凌厉的警告，仿佛是要把眼前的男人推倒。塞缪尔试图把手按在她的肩膀上，作为劝说她的最后一搏，但是她耸了耸肩，甩掉了他的手，推开了门，略过我径直走上了人行道。

“图书馆。”她说。

我们走过了十二个街区，来到一栋绿色的玻璃建筑跟前。一走进去我就感受到了来自空调的寒意，并且感觉到汗津津的短袖衫紧紧贴在身上。无论何时，只要我们一起来图书馆，就总会尽量去找挨着绿色玻璃窗的桌子，坐在那里。尽管那天图书馆里人很多，我们还是能够达成目标，塑料座椅就这么粘在我们赤裸的双腿下。周围都是来自乐园区的普通人。有妈妈带着焦躁不安的孩子，有男人眉头紧锁，垂着脑袋，应该是在看一本教科书，老人们套在西装夹克和棒球帽这种不合时宜的搭配里，有些人则在读一些不同语言的新闻。其中一个人举一张报纸，头条就是昨天晚上的枪击案。艾莎从旋转架上抓起一本平装书，眼睛牢牢固定在书页上，随随便便地快速翻阅起来。

我悄声对她耳语:“你听说警察抓到嫌疑人了吗?有五个人。大部分甚至都不是乐园区的人。不管怎么说,我觉得现在也都过去了。我想大家都安全了。”

她仍旧在翻书,她的怒火正在熊熊燃烧。她很草率地选择了给十几岁女孩看的《课外特别读物》系列中的一本,我知道她向来讨厌这种书。

“艾莎……?”

“是小鹅。”她说。

她的声音很尖锐,在告诉我她听说的事情之前,她给了自己几分钟时间。枪击发生的时候,小鹅已经在自己的卧室里睡着了。被打中之后,她拼命爬到了壁橱里。她失去了知觉,当她的妈妈呼喊她的名字并且满屋子疯狂找她时,她没有办法回答。一个参加搜救的护理员注意到了壁橱外面地毯上红色的爬行痕迹。

“他们说她现在情况已经稳定了。”艾莎说,“他们管她叫幸运儿。”

我对小鹅知之甚少。我不知道她是怎么有了这样一个昵称,不过我知道她总是骑着一辆车把上有紫色彩带的自行车。我还记得有一次弗朗西斯帮她把自行车链条装了回去,因为她不想把自己的手弄脏。

“艾莎。”我说道，“我知道你看见警察带着我和弗朗西斯回家了。我仍旧对所有的事情一无所知。但是我和弗朗西斯……你是知道我们的，对吗？”

这是那天早上她第一次迎上了我的目光。她点了点头，而后又看书去了，而我则是在这一小时又一小时的煎熬中第一次感觉到了些许宽慰。

艾莎和我几乎一生都是邻居，不过在童年时期以及高中的第一年，我们其实并没有真正说过话。我们算是同龄，但是她跳级了，并且还加入了一个特别提升课程，在我的想象中那里肯定满是带着牙套装腔作势的呆瓜以及假正经的课堂问答。作为一个孩子，她像蚊子一样细脚伶仃，偶尔在附近骑车，绑着那不匀称的马尾。作为一个十几岁的少女，她穿紧身裤和毛衣，露出内衣带，还有棕色的肩头。两个月前我们之间开始有了类似朋友的交往，那是她念高中的最后半学期，我见证她在校委会获得了一个特别的数学与科学成就奖。她赢得了一份进入蒙特利尔某所大学的奖学金，因此这个夏天结束的时候她就要离开了。她是那种会被认为是“榜样”或者“特例”的女孩儿，是我妈妈描述为“有前途”的那种女孩儿。她站在大礼堂的舞台上，摆出一个冷冰冰的笑容让人照相，然后不知怎么地，她就从看着她的人群中找出了我。

一个月后的七月，我发现她坐在公共图书馆的绿色玻璃窗后面。她当时穿着短裤，正在读一本开本很大的书，眉头微微蹙起。灰尘懒懒地悬浮在空气中，她的睫毛被倾斜下来的阳光笼上了蓝色。她的样子和玻璃上的阳光像是怪诞的一幕戏。我正在看的仿佛是她读书的样子和我自己脑海中的样子的重合。一个多足的怪物。随后吓人的事情就发生了：她看见了我，并且对我笑了。

弗朗西斯从来都不是一个能够告诉我女孩们究竟在想什么的人，更别提什么欲望和性的难题了。而且他在这些事情上似乎和我一样糊涂。有一次，在我们还年少的时候，曾经鬼鬼祟祟地从旁边的一栋公寓楼外面往一楼偷窥，我们看到一对夫妻弓着背，赤身裸体地进入彼此的身体，而屋子里的电视上则在播放一档名为《定义》的游戏节目。我们目睹了他们仓促的搏斗，看不见女人的脸，男人的脸因为用力而肿胀发紫。在他们这场运动的尾声，我们收获了童年时期最难以释怀的谜团之一：男人扭曲的面庞所呈现的并不是愉悦，而是痛苦。

“是高潮。”我们甫一逃离那地方，弗朗西斯就小声对我说了这个闪烁着恐惧感的词。

又过了几年，有一个人接近我和弗朗西斯，住在我家东边，很远，就在港口枢纽区的好住处。他正在安排一场情色电影的放映，是真正的黑白电影，屏幕就是他那栋平房的地下室墙壁。只花了一美元，我们就坐进了那个阴暗潮湿的空间，坐在里面的长凳上，和那个男人一起，另外还有八个男孩，全都比我们年纪大。他们的恐惧和兴奋汇集成难闻的气味，将我们包裹其中，我们赤裸裸的腿彼此挨着，而我似乎是唯一一个注意到我们的主人小心翼翼地避开了电影画面的人，偶尔才瞥上一眼。要么电影本来就是无声的，要么就是这个男人把声音关掉了，寂静填充着墙壁上那些灰白躯体的粗暴表演，使得整部电影有着经典无声片那种意味深长又权威的怪诞气氛。

弗朗西斯从来没有跟我“畅谈”过男女之事。他从未给我提供过任何注意事项或者警告。他从不给我那方面的信息，而这种信息在我们熟悉的那些年轻人里可谓炙手可热，比如各种各样类型的女孩，每种女孩儿都是怎么“干”的。而最让人费解也最失望的则是弗朗西斯和大多数男孩子不一样，他从不“出口成脏”，却实实在在地收获了女孩们真实而热情高涨的关注。每当他走在街上，从一群女孩身边经过时，她们都会凑得更近，彼此交头接耳，随后再彼此认同地哈哈大笑。即便是自助食品商店柜台里那位少言寡语的女士，也会在找零钱给他时露出微笑，在他离开的时候，她的眼睛就没离开过他的屁股。

然而当我强迫他跟我说一些狂野的际遇时——传言他可是享受过的（“弗朗西斯，公狗。”有些住在附近的男孩会这么冲他喊。）——他只是摇摇头而已。有一次，当我逼问他我在他卧室抽屉的袜子下面发现的三只避孕套是怎么回事时，他发了脾气，冲我吼了，而后他明白还是需要一个解释，他用某种表演痕迹明显的语气嘟嘟囔囔了什么“该死的婊子”之类的，而这起不到任何作用，只能让我们两个人都觉得羞耻。

我自己呢，并没有任何实际的性经验。因此，在七月里的那一天，也就是枪击案发生的一个月前，当艾莎忽然间透过图书馆的玻璃窗对上了我的视线，我忽然间被击中了。我拉开玻璃门冰凉的金属把手，接着把双手深深插进口袋里，低着头，帽檐遮住了眼睛。在通过入口处的书籍探测器时我鼓足了勇气，想象着警报会响起，每个人都会看见我试图若无其事地走进来。然而并没有什么警报，在我视线可及的范围内也没有什么人在偷笑，我打算把自己藏身在书架间的某条过道上。

我觉得自己需要“弹药”。我从一个标记为“文学名著”的架子上抽出了一本平装本的《底比斯戏剧》，封面上是一张白色的面具，上面空洞洞的眼眶流着鲜红的血，嘴巴以一种极度悲伤的姿态张开。武装完毕，我径直走到了艾莎坐的那张桌子旁边。

“嘿。”我开了口，“能——我可以坐在这儿吗？”

有一伙也住在周边的孩子就坐在附近，他们把脑袋凑在一起，咯咯直笑。艾莎把她那堆书和杂志推到一边给我腾出了她边上的地方。我发现这个作为“榜样”的女孩并没有在看什么有教育意义的书，她在看《人物》杂志。我并没有看艾莎，而是飞快打开了我的“名著”，努力将眼睛固定在书上，那些肆意徜徉的单词读都读不懂。过了很久，我点了点头，就好像自己收获了什么恒久不变的真理。我能感觉到艾莎在看我，我意识到这个场景正变得越来越荒谬，但是我绝不能把注意力从书本上移开，我绝不会放弃我的表演。最终是艾莎温柔地开了口。

“嘿，你。”

我们的关系就是这样开始的，天气也帮了很大的忙。由于那个夏天酷暑难当，我们都躲在图书馆里享受空调的清凉。有那么一小段时间，我仍旧继续挑选那些自以为能够给她留下深刻印象的书来看，大部分都是“企鹅经典[1]”，不过有一次是关于解剖的书（那些没有皮的身体，心脏的图解全都是红色和蓝色的，丑陋不堪）。但是那个夏天，艾莎只对蹩脚的娱乐杂志和音

1　企鹅出版社出版的一系列世界经典图书。

乐杂志有兴趣。她会拍着我的胳膊大声给我读LL Cool J[1]的那些八卦，她不管不顾的狂笑招来了图书馆里一小撮读书人严厉的目光。她把椅子朝我拉近，给我看另一则名人八卦，她赤裸的小腿轻轻触碰到了我的小腿。

我不禁开始想入非非，她是不是可能有那么点喜欢我——另一个混血黑人，她的头发和眼睛某种程度上来自一个菲律宾妈妈，这位妈妈因为某些原因不得不离开这个国家。但是，真的，艾莎就是她自己。她的鼻子上有一颗水痘留下的疤痕，她的瞳孔边缘有一颗小圆点，还有一根小小的尾巴，像一只靠近黑色旋涡的小蝌蚪。

“我得走了。”这时艾莎跟我说，同时抬头看了看图书馆的钟。

“我和你一起走。”我说。

已经快到上午十一点钟了，建筑物投射下的阴影范围几乎收缩不见。在家附近的一栋住宅楼的院子里，有人摆出了给孩子们用的乌龟形泳池。一个小姑娘小心翼翼地把脚浸入水中，但是那水恐怕已经如热汤一般了。在我们回到沃尔多夫之前，

1 LL Cool J，原名詹姆斯·托德·史密斯，美国说唱歌手、影视演员、主持人。

我们在一家便利店停了一下，艾莎买了一罐雪碧，我们坐在离家很近的那个老停车场的路障上分着喝。有个男孩在湿热的沥青地面上重重地拍篮球。一辆没人的警车就停在停车场边上，可以看见另一辆警车在一个街区之外。紧接着还有另一辆车慢慢悠悠地开在大道上，它从我们身边经过，在前面那个街区停了下来。

“真的吗？”艾莎问道，“三只？”

我耸了耸肩，她又喝了一口雪碧。旁边有阴凉遮蔽的混凝土路障上坐着个妈妈，正温柔地摇晃着自己的宝宝，两个人的眼睛都是闭着的。他们很可能一晚上都没有睡觉。艾莎碰了碰我的胳膊，把她的雪碧递给我，在我的嘴唇接触到饮料罐的时候，我突然意识到那珍珠般的液体曾经触碰过她的嘴唇。我浅浅地抿了一小口，然后把剩下的又递还给她。她喝光饮料，站起来准备回家，但是在回家之前她给了我一个告别的拥抱。在她将双臂举过我的肩膀时我感受到了她肌肤的光滑，也感受到了她的小腹，这也是第一次，她的臀部紧贴着我。仿佛是一段漫长的停顿，在那个瞬间各种各样的事情都忽然间拥有了可能性，可紧接着传来一声汽笛，这种感觉也就同样突如其来地消失了。

一辆警车停在了一群走在人行道上的年轻人身边。汽笛非常短促，但震慑住了我们每一个人。小婴儿醒了过来，开始哭闹。那位妈妈的眼睛也猛然睁开，当她认出我来时，盯着我的样子仿佛觉得我是个误入歧途的人，甚至可能是条疯狗。脆弱的平静被打破了，紧张感又一次扰乱了一切，但这就能解释艾莎接下来做的事情了吗？她低下头去，发现了一块有点开裂脱落的沥青，于是她就用自己的帆布鞋跟把它撬得更松动了一些。她捡起这块沥青，为了保持平衡后退了一步，然后用力投掷出去。沥青砸中了那辆没人的警车玻璃，弄出了尖锐的声响，就像一块硬糖碎在了你的嘴巴里。玻璃呈现出了蛛网般的裂痕，窗户看上去是淡青色的，并没有碎裂。

我的胃里泛起寒意，感到沉甸甸的恐慌，我的脑袋和胸口全都砰砰直响。警察们远在那边的街上，似乎没有听到或者注意到这边的动静，他们还在继续盘问那些年轻人。我看向艾莎，我原以为自己已经很了解这个女孩了，或者至少有所了解，她正从阴沉沉的脸上拂掉一绺卷曲的头发，并且直直地盯着我，看我敢不敢说些什么。

我怎么可能敢呢？鉴于枪击事件后发生的一切，到目前为止，这才是最疯狂的举动。

复杂性哀伤

她现在是一名撰稿人，她对我们说，有稿费可拿的那种。十年前从乐园逃走后，她致力于攻读一个普通科学学位，在大学第二学年结束前她主修的是计算机科学。她一心一意抨击编程语言、运算法则和数据结构，搞得周围的人心神不宁。

“你有没有什么时候放松过？”一个同学问她，然后屋里的人就全都笑了起来。“你有没有什么时候放松过？”某天晚上她的实验室主管这样问她，那时只有他们两个人在一起。她把自己包裹起来，独来独往，不与任何人为伍，以全班第二的高分成绩毕业，却没能像大多数人那样一毕业就得到一份全职工作。她没有意识到面试时的冷淡态度吗？是因为那个心照不宣的理由吗？不过最终她还是在一家很大也很成功的IT创业公司谋得一份程序员的职位。她在一间几乎全是年轻男子的办公室里度过了两年，支撑自己对抗屋子里的臭味，对抗汗水，对抗戏弄，直到最后她自己变成了流氓。她现在是个“枪手”，她解释，一个短期项目的自由编程师，大部分都和地理信息系统有关，工作时间绝不会超过几周。在过去的三个月里，她同时在马尼拉和奥斯汀工作。在那之前，她说，她帮助设计并执行了在乌干达首都的无线网络解决方案。

“坎帕拉。”妈妈说。

艾莎笑了，在喝茶之前先把茶杯往妈妈面前举了举。我们坐在起居室里，沐浴在晨光之中，这是艾莎造访的第三天。春天终于初露端倪。透过起居室的窗户，我们能看见一名老妇将她的一个个花盆搬到门前的台阶上，一名男子正将湿淋淋的衣服挂到阳台的晾衣绳上。人行道上，一群孩子在融化的灰色积雪旁玩篮球。艾莎吃了一口黄油甜面包，又继续说了起来，这一次声音更低沉了些。

“一年前，在一个委内瑞拉的定期项目结束后，我用自己的钱搭上了飞往特立尼达岛的航班。我造访了爸爸出生的小村子，也是你出生的地方，露丝。我看到甘蔗田已经成了荒地。我还看到了精神浸礼会的白教堂。你都记得的，对吧，露丝？自从我父亲去世后，关于那个地方，我想了很多很多。”

外面传来篮球反弹在潮湿地面上的声音。妈妈点了点头，又喝了一小口茶，下咽的时候很缓慢。

“跟我说说坎帕拉。”她说。

这天早上余下的时间里，艾莎都和妈妈坐在一起，静静地聊着她去过的许多地方，却从来没有将话题说回到她们各自的失去上。两个人都表现出毫无兴趣将我囊括进对话里，很多时候都能明显看出来她们是在各自遮掩什么。午后时分，我撞见她们一起坐在沙发上窃窃私语。我捕捉到一阵彼此分享后爆发出的笑声，这还是我头一次听见妈妈笑了那么一小会儿。

“我一直都在想。”那天晚上妈妈睡着后，艾莎告诉我，“我能不能计划一个聚会？只是一个聚会，真的，有食物和音乐，或许还可以稍微谈谈我们失去的那些人，尤其是弗朗西斯。”

她审视我的脸色，但还是在继续解释：“不需要多么精心的准备。完全不需要很正式。可以就像一顿晚饭那么简单。我们可以邀请一些弗朗西斯生命中存在过的男孩们。”

“大部分都已经搬走了。”我说，“至于其他人嘛……已经十年了，人们只想继续朝前走。”

“去问问他们又不会怎么样。他们完全可以说不。而且，也许有人愿意来呢，那些年轻一点的人。如今孩子们都以自己的方式来解决问题。”

“我觉得行不通，艾莎。我妈妈绝不会需要一群陌生人在家里。”

“他们不会是陌生人。他们都是我见过的人，是像我们一样的邻家小孩，一些城市学院里的国际生。他们只是一些想要找到意义的人。”

“让他们从别的地方找所谓的意义去。我很抱歉，艾莎，我无法现在就答应你。没有用的。”

“这会对你妈妈有好处，也会对你有好处。”

“别告诉我什么对我们有好处，艾莎。”

“你知道她并不好，不是吗，迈克尔？她那慢吞吞的样子，她那神志恍惚的样子。昨天，在你去上班的时候，我们在聊过去的邻居，她突然抱歉地起身，开始搜索某种她无法向我描述的东西。结果呢，她恍恍惚惚到了外面去，还在找。我亲眼看着她目不斜视地穿过了大马路。我不得不大声朝她喊，让她回来，让她停下。”

“她变老了……”

“这显然和年纪没有任何关系，你心知肚明。你妈妈之所以像这样是因为她仍旧沉浸在悲痛中。又或者是她没有办法悲痛。已经过去十年了，她还是没有办法接受。她被困住了。”

我明白艾莎在谈的是“复杂性哀伤[1]”。我听过医生使用这个术语，我也从图书馆读了相关文献。痛失亲友会让人陷入悲伤之中，这种悲伤通过不断赋予过去意义而让人无法继续前行。在回忆的怪圈里你会迷失方向，困惑不已，会醒着做梦，也会出现幻觉。在这方面我不需要任何人来给我解释，但是艾莎的神色提醒了我，她也同样很悲伤。我深深呼出一口气，并不是很肯定地点了点头。

“让我想想吧。”我提出，“她最近已经好多了。我只是不希望把她的生活搞复杂。”

结果第二天就出事了。清晨的时候艾莎和我短暂地出去散了会儿步，等我们回来的时候，房子里空无一人。我安抚艾莎，结果不出十分钟就传来了略显羞赧的敲门声，我去开门的时候发现是一个名叫西维的邻居男孩。

“你妈妈，”他说，“她在大马路上。她没穿鞋子。”

我避开了同艾莎对视，飞快地穿回了外套和鞋子。我们沿着大街一直走到桥边。我们翻过了护栏，花了点时间四处寻找，

1 复杂性哀伤是一种长期哀伤的精神状态，丧亲者理性上接受亲人去世，但感性上却不能，若未能及时处理，严重时有可能导致自杀。

结果发现了兔子小径的入口，掩藏在柔嫩的树木、枯萎的灌木、杂乱的纸张和塑料袋之下。我们在灌木丛、低矮的枝桠和乱七八糟的落叶之中来回寻找。很快车流的声音变得缓和，我们已经潜入了城市下方，走上了一条由树木的骨架铺就的寂静之路，它们的枝桠全都光秃秃的，暗沉而潮湿。

“我知道她在哪儿。”我对艾莎说。

就在小径的彼端，穿过灌木丛，小河边有一块林中空地，因为春季径流的关系，水位比平时要高，水流也比平日快。而妈妈呢，就站在距离河边十英尺远的地方。没有必要马上就靠近她，没有必要冲过去，我和艾莎一起就远远地站着。阳光斑斑点点，但是很明亮。小河里佩环叮当般的流水呈棕色和橄榄色，在冲刷过光滑的灰色岩石时碰撞出动听的声响。苔藓的卷须在水面下流淌。河边上，已经有小小的花朵含苞待放，是很清浅的蓝色，非常小巧。妈妈现在朝它们走去了，她提起裙子跨过蓟草，最终站在了小河边。她伸手去摘取离得最近的花瓣，轻轻柔柔地捧在手里。

如今，大桥的墩柱上都画满了标语和涂鸦，还有很像乐园居民的人脸，再往上去一点，街道标高下面有着突兀的避难所，那里有褪色的床垫、生过火的痕迹以及被压扁的食品罐、啤酒罐。艾莎一言不发。在我看向她的时候，她的胳膊上闪烁着光芒，阳光透过摇晃的树木洒下光点，硬币大小的光斑散落在她的脸上。

“她进入了自己的世界。”我小声说，“这不太正常。”

现在妈妈已然注意到了我们俩。她转过身来，调整了一下冬衣的领子。裙子上的纽扣已经褪色黯淡，她试图在我们面前藏起自己光着的双脚，她的脚趾头上沾满黑漆漆的泥土。她的手上有一串小小的蓝色花朵，是很明朗的蓝色，一种难以形容的美丽色泽。非常奇特。

弗朗西斯离家两天后，我工作到很晚，衣服全都被汗水浸透了。我头晕眼花地站起来，艰难地眯起眼睛抵挡刺目的灯光，而后我开始搜索厨房。有一段时间，弗朗西斯至少会带牛奶和果汁回家，偶尔有水果，时不时也有鸡和鱼。可是现在他走了，橱柜里空荡荡的。最后一块黄油已经被遗忘在大太阳下，装黄油的盘子融化成了满满的明黄色，完全是为蚂蚁准备的。我又检查了一下冰箱：一夸脱牛奶已经坏了，连这台机器也无法对抗高温了。唯一真正称得上食物的是特百惠饭盒里的米饭和豆子，但是看起来都放了太久，不能吃了。还有一个空的果汁罐，一瓶辣椒沙司，一小罐莳萝腌黄瓜。我用手指吃完了一罐。

午后的阳光在房子周围摇曳，此刻厚厚地流泻进起居室。我小心翼翼拉上窗帘，为了好喝一点，就喝了一杯加了勺白糖的水，但是水分很快就变成汗液从我的皮肤里渗了出来，就好像我是个意大利面条筛似的。我试着看游戏类节目，可实在是太热了。我试着把头浸入浴室里放满冷水的盥洗盆。我还尝试掀起一点窗帘，透过玻璃往外看，结果注意到有些公寓的窗户正对着我们，于是我就发现了可行的解决方法。我从厨房拿来了锡箔纸，把它们一张张贴在了窗户上，一点点用手掌抹平那些金属褶皱。

我的汗水滴在了锡箔纸上。

妈妈下班回来时我正在看卡通片。她看起来很消沉。她去看了冰箱，把腌菜瓶举到不同往日的昏暗光线下，观察液体里打转的调味香料，她挑起眉毛，仿佛是在计算什么。

“是这个吗?”她问。

“是什么?”

“这就是你今天吃的全部东西了?”

“我并没有那么饿。”

她环顾了一下暗沉沉的房间，而后她就看见了，看见了我对窗户做的事情。

“那是什么?”她问道。

“是锡箔纸。”

“我看得出来是锡箔纸。把那东西放那里干什么?”

“为了反射阳光。”

妈妈瞪着我的时候，卡通节目的经典音乐从电视里传出来。

“我在你看来就是那个样子的吗?”她说道，声音激动，磕磕巴巴的。她又指向了窗户:“就像是那种会在窗户上糊锡箔纸的女人吗？像那种冲着街上路过的每一个人展示锡箔纸的女人?”

“这并不是个坏主意。我的意思是，别人也这样做。”

“我是别人吗?”她说着，声音越来越大:“你是站在那里，看着你的妈妈，你自己的妈妈，心想，看啊，那就是她！我的妈妈！别人!”

我不知道该怎么接这话。而且我认为接她的话也并不是个值得尝试的好办法。当我看向她时，她没有动弹。她仍旧握着腌菜罐。电视机里飘来了更多音乐，疯狂的兔子在逃跑，双腿变得模糊。

一个罐子被砸碎在我身后的墙上，尖利的碎片溅得到处都是。一片死寂。我的上嘴唇上有什么湿湿的东西，我小心翼翼地用舌头舔了舔，是可怕的血。在用尽全力一扔之后妈妈恢复了正常，她的目光越过我落在后面的墙壁上，看着墙上那块上了釉似的痕迹，玻璃碎了一地。

“你划伤了?”她问。

“我没事。”

“你在摸脸。”

“只是腌菜汁。”

冰箱门仍旧开着，她突然跌落在地，撞到了冰箱把手，她的下巴非常奇异地戳到了自己的脖子。她保持了一会儿这个姿势，随后呼出一口气，并且眨了眨眼睛，就好像刚刚才睡醒。她深深地看进冰箱里，用指甲去刮蔬菜保鲜盒上的污点。她摇了摇头，冰箱里的光线落在了她的脸上。

“你闻到了吗？”她问，“莳萝的味道？”

那天晚上在图书馆里，艾莎告诉我小鹅已经被移出重症监护室。她已经好多了。话说回来，她的血型很罕见，献血志愿者从全城各处赶了过来。艾莎沉默了。她正在研究一本像是代数练习册的书。比研究还要认真——简直就是死死盯着一个等式。我决定不提起她砸到警车上的沥青。我什么都没说，安安静静坐了好长一段时间，仔细梳理报纸上关于枪击案的报道。

有信息更新，专栏，还有寄给编辑的信。许许多多人对小鹅的遭遇感到愤慨。有些人呼吁严厉打击犯罪，其他人则更激烈。有一个专栏作家以那种老套且拾人牙慧的言词写了些什么“移民”啦、“民族街区”啦、“把这些人送回他们来的地方”

之类的东西，尽管大部分的乐园居民都知道所有的嫌疑人都是在城市周边长大的，并不是乐园人。不过某篇文章里抓住我眼球的是一张安东的照片，被确认为是警察局的常客，并且还是死者。这是那种高中生照片，我们大多数人在这种照片里看起来都像是误入歧途的不良少年。摄影师并没有选择恰当的背景，也没有调整环境光线，以至于安东脸部和头发的轮廓全都融进了背后的藏蓝色里。他的眼神不太愉快，他的嘴巴在脸上紧紧锁着。

关于安东这个几乎无人会为他哀悼的男孩我都知道些什么呢？他住在乐园区一栋位于泥泞地带的塌陷建筑群里。他和父母、两个兄弟、三个姐妹一起住在有两个卧室的那个单元里，所有人都要在这个地方为自己争取生存空间，而这两间屋子几乎没有别人家的一间起居室大。大多数时候他看上去都一无所有，并且还会睡在露天的地方。在天冷或者下雨的时候他从来都没有合适的衣服可穿。他没有办法隐藏的事实就是午饭时间他是不能回家去的，也从来没有去看过牙医。几乎每时每刻你都能看见他在我们那栋楼的院子里的长椅周围打转，只要我从他身边经过，他就会用暴力的玩笑来威胁我。

我是真不知道安东这个人身上有什么可让人喜欢的。不过有一次，我看到了他的世界在他身上留下的强烈影响，而且是很不好的影响。有一伙并不住在这一带的人四处抓他，在离乐园区不远的一块田地上抓住了他，那地方非常晦暗，非常适合用来干坏事。他们对他大打出手，他的鼻子和嘴巴都血流如注，他们还用靴子一遍遍踢他的腿和肚子。我远远地目睹了这顿殴打的尾声，不过我可能是唯一看见这一切的人，因为他们几乎没闹出什么大动静来。安东自始至终没有开口呼救。这些袭击者们以扒掉了他大部分衣服结束了这场殴打，把他半裸着丢在了那里。

我小心翼翼地靠过去，等我靠得足够近时，竟然听到安东在哭泣。他双手盖住眼睛，喉咙里发出呻吟声，面容扭曲，眼泪和他被弃置其中的肮脏烂泥几乎无从分辨。他一看见我就把脸转开了，但是他马上就开始假装自己是在哈哈大笑，他的啜泣变成了轻慢的笑声，装得很像，足以以假乱真。我看着他，心情复杂，既关心又恼火，最终我问他到底有什么好笑的。安东摇了摇头，试图从震惊了我的一波又一波笑声中稳住呼吸和声音。他什么也不肯说，更不愿做解释。只是个玩笑而已，他说，一个荤段子。对我这种小杂种来说这个笑话有点脏，他说。

“你见过弗朗西斯了吗?”艾莎问道，一语惊醒了我，让我的思绪回到了眼前的图书馆。

“还没有。”我答道。

“你妈妈怎么样？”她又接着问。

“她嘛，你知道的，还行。”

她点了点头，又继续看起了书。我还没打算告诉她妈妈大爆发的事情，但是几分钟之后，图书馆屋顶上的灯闪烁起来，提醒我们快到闭馆时间了，这时我改变了主意。在我们站起来准备走时，我尽可能漫不经心地提到了她扔腌菜罐的事情。

“你得让弗朗西斯知道。”她对我说。

“他肯定是和自己的朋友在戴西里理发店。”

“那就去找他啊。”

“我从来没去过那儿。他从来没有邀请过我。”

“他是你哥哥。你还需要怎样的邀请？”

我独自一人走在大街上，朝着马卡姆和罗伦斯大街的交汇处走去，这一地区向来热闹非凡，然而现在，太阳不过刚刚落下，就连便利商店都关了门，它们全都窗户漆黑，看起来空空荡荡的，抛开那明亮得一览无余的安全信号灯，面朝大街的停车场看起来跟闹鬼似的。

一辆警车开了过去。警灯在闪，但是没有鸣笛。

戴西里理发店在购物中心后面，地理位置不怎么好，很靠边。这地方并不像大街上照明那么好。廉价的店面橱窗上布满裂纹，挡上了木板。生了锈的橘色垃圾桶朝排水渠源源不断倾泻着污秽的液体。有好几个池子里的水上漂浮着油，还散发着难闻的垃圾气味。

只有一家商店似乎还开着。里面传出近乎噪声的巨大音乐声。这里没有贴任何招牌，昭告天下自己提供什么服务或者贩售什么商品，门前也没有摆螺旋灯柱。窗户上糊满了演唱会、舞会和派对的广告，那种让人眼花缭乱的印刷仿佛是为了阻碍别人看明白而设计的，并不是为了预告什么。

“关门，白痴！”有人冲我喊道，“开着空调呢！”

走进戴西里理发店，就好像走进了一团凝固的烟雾里，体温、古龙水、美发产品碰撞在一起，浓密地蹿进鼻子里，让舌头像打了蜡似的。你会被歌曲集锦的音乐还有时断时续的节奏冲击。贝斯的声音又深邃又沉重，就好像在你的下巴里跳动。

“你，德鲁，”有人说，“跟这位小家伙说一下，我们的预订已经到半夜了。”

有十几个年轻人坐在满是裂纹的塑料沙发和坏掉的椅子上。他们穿着松松垮垮的牛仔裤和印了文字的上衣，棒球帽的帽檐整个歪向一边，头发要么挑染了要么全都梳到后面。有的扎着头巾，有的则漂了头发，都是些犀利怪异的发型。我认出了德鲁，那个大胡子男人就是这家店的老板。他正站在一张理发椅边上，给一个年轻人剪头发，那个人此刻往下放了放他叠起来的报纸，盯着我看。又是安东的那张照片。德鲁用他的大剪刀指着我，大声压过音乐冲我喊道。

“听见了吗，小家伙？我们今天晚上不接客了。”

“你得关注客人，德鲁！看看那汽车残骸一样的头发啊！”

“等等，是不是得有人去叫一下弗朗西斯？那不是他弟弟吗？”

就在那时，音乐变了，我找到了放在角落里的打碟机。有人站在那里，身边环绕着装在黄色牛奶箱里的唱片，他的注意力完全集中在面前转动的唱片上，那是弗朗西斯的朋友杰利，但是他处在一种我以前从没有见过的激动状态里，也从没有想象过他会有这样的状态。他仍旧全神贯注于那个转盘，他从箱子里抽出一张唱片，放到打碟机上，按下了转换键，把耳麦带在头上，耸起了肩膀。背景节拍改变了，很快一个高亢而痛苦的嗓音在屋子里弥漫开来，可能是女人的声音，也可能是男人的声音，在他手掌的摩擦下变得很缓慢，反正是人类的声音，但也仅止于此。这震耳欲聋的旋律催生出了悲痛感来。

弗朗西斯出现后便带着我去了理发店后面的一个房间里。一条床单遮住了所有窗户，在清洁用品、自行车配件、一张坏掉的理发椅和更多装着唱片的牛奶箱之外，我能看见他的一些帽衫正挂起来晾干，还有那张小床，肯定是他用来睡觉的。他面对我，脸上满是困惑。我一声没吭就跑了过来，然而当我告诉他锡箔纸、腌菜罐子、妈妈的情况时，他的表情缓和下来。他跟我说会给我一些钱去买点吃的用的，还问了我今天有没有吃过东西。我摇了摇头。

“好吧，”他说，“给我点时间。”

他回到杰利跟前，在他们说话的时候我才第一次认真打量了弗朗西斯的这位朋友。他很瘦，皮肤黝黑，太阳穴的凹陷处有一块洋葱般棕色的印记，仿佛一片被遗忘的大陆。他们正在低声交谈，脑袋凑到彼此跟前。杰利递给我哥哥一串钥匙，随后他们相互摩擦手掌，手指交错，拥抱并保持了片刻，在他们分开的时候，彼此身体接触的部分浸着汗水。杰利注意到我在看他们，于是扬了扬下巴来致意。

“来吧。”弗朗西斯对我说，“我们出发吧。”

我们离开了理发店，他带着我走向一辆老旧的本田敞篷车，顶篷全都放了下来。轮毂罩不知所踪，外表的油漆也已经剥落了三分之一的样子。弗朗西斯坐了进去，发动了车，每个动作都小心谨慎，还有一种刻意的从容不迫。我有点犹豫，但还是拉开了副驾驶的门坐了进去。我开始摆弄安全带，结果发现弗朗西斯在皱眉头，于是我就不弄了。尽管引擎已经蓄势待发，但是弗朗西斯又拧了一下打火开关，弄出了我从未听过的恐龙一样可怕的声音。他让我不要表现得这么担惊受怕，就跟在诅咒他似的，随后他又集中精力尝试了一次，把车子挂上了一挡，并且踩上了踏板。一阵刺鼻的烧灼味蹿了上来，再次尝试踩油门之前，他拉下了制动。

“这是谁的车？”

“我和杰利的。”他说。

“你们买的？”

“当然是我们买的。不然我们还能怎么弄来？”

“你什么时候学会开车的？”我问道。

“安静点！别让我分心！”

“你有驾照吗？”

“有，我有驾照。你他妈给我闭嘴！”

经过漫长的前进与后退的反复，我们终于开出了停车场。我们驱车穿过单排商业街背后那条小巷，在撞上人行道之前驶上了大街。我哥哥的手臂非常浮夸地搭在车门顶端。在一盏交通信号灯处他突然紧急刹车，还有一次，在他招呼人行道上一个相熟的家伙时，车子突然惊险异常地兀自改了方向，迎面过来的一辆车冲我们狠狠地摁着喇叭。

“前灯在哪儿？”我轻声问。

“我等一下就能找到。”

我们去了一家杂食店，买了一些豆子和金枪鱼罐头，还买了米、炼乳以及一袋苹果。我们把这些东西搁在了车后面，但是我们并没有回家，弗朗西斯一直往西开，最后离开了劳伦斯街，开进了牛排皇后餐厅的停车场。这时下起了毛毛细雨，所以弗朗西斯加快了停车速度。于是我们就这样在停车场进进出出，进进出出，直到他最终熄灭引擎，这车还是停得歪七扭八，还在旁边那辆车的保险杠上留下了刮擦的痕迹，我们希望没人注意到。

在餐厅里，弗朗西斯点了一顿丰盛的大餐。两块圆面包上放着牛排，两个汉堡，两份炸薯条和洋葱圈，还有两杯很高级的奶昔，奢侈地放了大量生奶油、樱桃和糖浆。他坚持要整份淋了意大利酱汁的沙拉，他坚持这样可以补充维生素。收银台的那个男人对他的点单似乎充满疑虑，一直盯着我们看，直到弗朗西斯把钱放在了柜台上他才照办。那些钱虽然都是一些小面额的钞票和硬币，但也足够他在点单之余支付小费。

餐厅准备食物的时候我们找了位子坐下。有个老先生独自一人坐在桌边，手边只放着一个纸杯子。和我们隔着几张桌子，我认出了是住在附近的三个年纪稍微大一些的女孩子，她们正分享着一个圣代。她们都涂了指甲油，头发打着鲜艳的波浪，当她们的目光落在你身上时一个个都火热得吓人。她们都在看弗朗西斯，他礼貌地冲她们点点头，其实两只手紧张地在桌子上敲着。

我们安静地吃完了饕餮大餐，最后面前只剩下炸薯条。我们把薯条蘸进番茄酱，但是只吃前头的一点点。我观察起柜台后面烤肉的那个男人。他此刻正坐在一张高脚凳上，双臂抱住身体，闭目养神。坐在那里对他来说很难不感觉到煎熬，他只能抓紧机会小睡片刻，其他时候，每当点单员冲他高声喊着走过来时，他就在烟熏火燎里慢慢变老。

“你的朋友，杰利，”我开始说话了，“他是个DJ吗，还是别的什么？他看起来好酷啊，即便有个杰利这种幼稚的小名儿。不管怎么说，这是怎么回事？”

弗朗西斯摇了摇头，“你知道的，”他说，“你总得为了什么事情而下点功夫。”

“这是什么意思？什么事情？”

“就像各种各样的事情。就比如说以你这种方式踏进戴西里理发店。你那副样子看起来永远是那么不确定。你对待事情的时候得酷一点，不要一天到晚把什么都挂在脸上。你得更好地控制你自己，考虑一下自己的外表。无论你有多捉襟见肘，都得注意这些。你大可以把领子边竖起来让自己稍微有型一点，就是像这样的小事情。你随时都可以做一些事情让这个世界知道你不是可有可无的人。因为你永远也不会知道自己的黎明何时会到来。”

之后我们沉默地相对而坐。我发现弗朗西斯正通过窗户的反射在看我，而后他就挪开了视线。一辆汽车呼啸而过，车载音响开到了最大，震耳欲聋，底盘装饰了灯光，在沥青路面上留下紫色的鬼影。

“我会带你去见爸爸。”他很温和地说，仿佛对他来说，这些单词就像是悬浮在我们之间的空气里。

我们的爸爸就是那张对焦极差的照片里的男人，仅此而已。妈妈不太愿意提起他，在我们还是小孩子时就明白了，有些关于过去的事情是不能触碰的。不过她倒是会和弗朗西斯说说爸爸刚来这个国家时的艰苦奋斗。白天去学校，晚上给人洗衣服，这可不容易。有些人不愿意把房子租给像他那样的人，有些人则不愿意雇佣像他那样的人，或者不愿意付给他们公平的薪资，也不愿提供晋升机会。有无数的侮辱是像他那样的男人不得不面对的，是有很多很多痛苦的，她解释道。是有很多很多痛苦的，虽然究竟是怎样的痛苦，她自己也不总是那么明白。有一次，当弗朗西斯问她爸爸在学校里都学些什么时，妈妈的反应非常尖锐，她用了我们在家里从来没有听过的言词。“他在学着怎么做一个男人。”她解释说，“但是这个贱人后来辍学了。”

不过弗朗西斯和我却明白，在爸爸那里我们能够有更特殊的机会，我们想象他那里会有更大的房间，仅就这方面而言，我们比其他孩子拥有更多想象空间。我们的爸爸可以是任何样子的。从很早以前开始，弗朗西斯就编出了一套自己的推论。有一天他对我宣称，我们的爸爸是“一名作曲家”。

我很疑惑为什么是作曲家，为什么不是别的唱歌或者弹奏乐器的人。但是我从来没有表达过这个困惑。即使还是孩子，我们也已经学会要温柔对待彼此的希望和梦想。

“我们并不认识爸爸啊。”我说道。

“我们没必要认识他。他是我们的爸爸。”

“我们对他一无所知。连他住在哪里都不知道。”

“我找到了。他就在斯卡伯勒这里。”

“你是怎么找出来的？”

“我一直在跟人打听。”

“打听了多久了？你为什么没告诉我？”

“我现在告诉你了。”

“斯卡伯勒的什么地方？”

“他住在一栋叫欧柏林的多层公寓楼里。在公路的北边。”

“那也太远了。”我说。

“我们现在可是有轮子的，忘了吗?”

“我们不能就这么出现。已经太久了。简直是……一辈子。”

“看见了吗?”他说，“这就是我说的事情。别想太多，也别什么都信。我可没说他会帮我们解决一切问题。我又不傻。我只是说我们会聊一聊。为什么不试试看呢?”

蒙蒙细雨转成了大雨。漆黑潮湿的路面反射着明亮的街灯，我们的车和其他人的车都发出了很大的嘶嘶声。过了几个街区，雨水变得冰冷，刺在我们的脸上，我让弗朗西斯把车篷拉上，可是他不知道该怎么弄。找了一圈之后，他想要打开雨刷器，但同时他闯了个红灯，另一辆车紧急刹车才避免撞上我们。

“好吧。”他承认，“好险。”

“这太疯狂了。”我说，“我们得回家去。”

“你就不能放轻松点吗?你都快把我吓死了!”

雨声隔绝了其他一切声响，当时我们几乎看不见前方的任何东西。我们俩全都湿透了，但弗朗西斯仍旧继续往前开，看着四周，被某张看不见的地图指引着。

对我们的爸爸我有某段闪烁不定的记忆，还有音乐和舞蹈。

那时我还很小，我猜应该是个冬天，因为我记得有一束凛冽的白光从窗户照射进来。我记得有人给我展示了一台电唱机，黑色的唱片不停旋转，一只黑色的手非常温柔地把针脚收进透明槽里。这是一首很棒的歌曲的开端，一首欢快的歌，充满铜号的声音。我们的父母和着音乐跳舞，又滑稽又享受，双臂勾在一起转着圈，险些撞倒桌椅，弗朗西斯高举瘦瘦的手臂想要触碰到他们。

我记得他被抱起来转圈圈。我记得我也被抱起来转了。一间旋转的房间，贴满剥落的黄色墙纸，我哥哥的脸一闪，一闪，又一闪，模糊不已。半是开心，半是紧张。他踮着脚尖，高高举起手臂。

“轮到我了。”他一遍遍嚷嚷。

等我长大一些后，其实不太确定自己是不是真的能记住这种场景。那会儿我顶多也就一岁大。我怎么会记住剥落的墙纸却不记得爸爸的脸呢？为什么这么多年以来，我从来都没有看妈妈像那样跳舞呢？

连绵不断的大雨终于和缓起来，现在终于能看得清楚些了。我们缓慢地开过街道，这些道路在我看来都一模一样。

“在那儿。”弗朗西斯说，“就是那条街。沿着那条街过去肯定就是了。”

他停在了挂着“欧柏林”标志的一栋多层建筑前，那里同时还贴着“无房供应”的启事。整栋建筑非常粗糙，窗户上都挂着床单而不是窗帘。

“我想回家。”我说。

“来吧。”弗兰西斯笑起来，“你难道不好奇吗？”

我们下了车，浑身湿淋淋地朝大厅走去，显得滑稽可笑。弗朗西斯为我打开门，我踌躇了片刻，因为看见里面有个大块头的男人，所以被吓住了，或许他是被大雨给驱赶进来的。弗朗西斯把我推了进去，强硬而严肃地仰起脸，跟在我后面走了进来。

“嘿。”他朝那个大块头打了个招呼，那人回以满口金牙的灿烂笑容。

他眯起眼睛打量门铃面板，名字里的字母全都缺失了不少。查……弗……丹……赫……大部分名字连一半都没有，但是弗朗西斯仔细检索了所有残留字母，大声读了出来，最后猛地按下了一个数字。

“哪位？”对讲机里传来一位女士的声音。

“抱歉。”弗朗西斯说罢又试了另一个数字。

“哪位？”又是一位女士的声音，“是谁？”

“抱歉。”他说，“按错了。”

“你们这些孩子别烦我。听见了吗？别来惹麻烦。”

“抱歉。”他又说了一遍。

我们身后那家伙笑了，“你们这些小杂种是在闹着玩吗？”他笑嘻嘻地说。

弗朗西斯把手指放在另一个不完整的单词“Ico”上，又在键盘上按下了更多数字。门铃响了好几声才有人应答。

“怎么了。”是陈述语气，不是疑问。是疲倦而厚重的声音。随后便是沉默，是那种告诉你有人在听的沉默。

“你好？”弗朗西斯对着对讲机说道。

“我什么都不想买。”另一端的男人说，“无论你卖什么我都不买。”

“不是的。”我哥哥说，“我不是卖东西的。我只是我。”

静止，沉默。甚至连我们身后那个家伙也屏息凝神。“是我。”他说，“是我们。你的儿子。”

我和弗朗西斯，大厅里的那个大块头，我们都在等着什么人说话。等着什么人来解决这个问题。

“你找错人了。”男人说罢就咔嗒一声挂断了。

我们又开车回戴西里理发店。雨已经停了，空气沉静，有一种奇异的甜味。弗朗西斯伸手去够仪表盘，前灯猛然亮起。

“你也太安静了。”他说。

“我只是在思考。”

我一直正视前方，感觉得到他在看我。

“你为什么总要表现得像个小妞似的。”他说。

戴西里理发店的男孩们

他像个幽灵似的来到了我们家，就坐在起居室的沙发上，妈妈给他倒来一杯茶，就好像这不过是这世上最寻常的事情。他和从前一样瘦，穿着深色的牛仔裤，穿得松松垮垮，没有腰带，就那么低低地吊着，露出方格状的内裤，头上裹着一条头巾。他的太阳穴上还是那洋葱般棕色的斑点，还是那片被遗忘的大陆。可是他变了。那张脸上所展现出来的不仅仅是十年的艰难困苦，同时还有明明白白的失去与悔恨。那是一种暗示。

“他在这儿干吗？”我小声问艾莎。

此刻我们正在厨房里，我和艾莎正拿出更多的薄脆饼干，更多的糖和奶油。这还是艾莎头一次看上去有点尴尬。“我确实没想到他会来。”她解释道，“我通过一个朋友发了消息。那甚至都算不上一个真正的邀请，顶多只是个提议，提议我们聚一聚。”她忙着把苹果和奶酪切成薄片，把它们放在薄脆饼干上，再点缀上一小朵欧芹。饭前点心[1]！她竟然在给一个像杰利那样的男孩准备饭前点心！

“早上你出去的时候他就这么来了。”她继续说，“你妈妈让他进来了。他们一直在聊天。”

我又回过头去看沙发上的杰利和妈妈。他们看起来根本就没有在说话。把罐子里的奶油给了妈妈一些后，杰利就把全部奶油都放进了自己的杯子里。他直接从碗里倒了糖。我还看见他顺了几块薄脆饼干装进套头衫口袋里。妈妈非常优雅地喝了一小口茶，而后似乎问了杰利什么问题，杰利点点头，头巾下面仍旧戴着耳机。我在角落里放了张泡沫床垫。上面正放着一只塞得满满的背包。

“这可不是个好主意，艾莎。”我悄声说，“我提醒过你了。我不希望妈妈被打扰或者被弄得迷惑。她现在很脆弱。”

“只是暂时的。他不会碍事儿的。是你妈妈自己提议摆上这张床垫的，而且，确实还有空间。他说这样挺好的，他一直以来住的地方都要糟糕百倍。他没有其他地方可去了。”

“他从哪里来？这些日子他都在做什么？”

1 原文为法语。

“他做的就是我们这些日子都在做的，迈克尔。他在活着。”

没有一条答案能让我满意。我看着他取下耳机，温柔地把它们套在妈妈的耳朵上。他仍旧在使用随身听，真是过时的怪家伙，当他按下播放键时，她仔细聆听，眼睛放大，那么大的声音径直传到了厨房里来。妈妈把耳机从头上摘下来，笑了笑，是皱了皱鼻子那种笑。而他则咧开嘴对她笑起来。

杰利肯定感觉到了我对他的戒备，因为喝完茶后不久他就一言不发地离开了。透过窗户，我看见他从亨利太太身边经过，她停下脚步看了看他，而后摇摇头，对着那些始终陪伴在她左右却看不见的灵魂们不满地嘟囔了些什么。要是杰利能听到那些非难，那他选择不回应，而是继续沿着大街朝前走就是明智之举。他也带上了他的背包，有那么一瞬间我怀疑他是不是觉得离开为好。我们是否应该试着交谈一下呢？十年了，我们之间一句话也没有说过。是否应当至少说声再见呢？然而比起内疚，我更多的感觉却是如释重负。但是没过几小时他又带着满满当当的背包回来了，同时手里还拎着两袋子吃的。就这样，他又带来了第二重惊讶。

他会做饭。

他行云流水地处理着那些他买来的食材，并不贵重，有蔬菜、干豆、大米，还有放在背包里的小罐调料。他切菜的时候像个主厨，锋利的钢铁边缘大声而迅速地敲击在木板上。很快他就把整个厨房弄得满目狼藉，台面上没有一块空地，所有的炉灶都打开了。妈妈也开始参与其中，她在厨房的桌子上处理豆子，把它们丢进一个陶碗里，发出鹅卵石一般的声响。就连艾莎也参与了进来，她拿出罐子和锅，用一口很大的滤锅在洗涤槽里洗蔬菜。我和杰利四目相对。

“那是菩提吗？”我问道。

“没找到那个。”他说，“只是青豆。”

“我们过几分钟就能开饭了。”艾莎说道，“是不是，杰利？”

他点了点头，把一块菜板上的东西倾倒入一口热油沸腾的铸铁锅里，菜板上都是切成碎丁的洋葱、大蒜和辣椒。油锅瞬间爆发出猛烈的噼啪声，厨房里的空气立刻就被香料、黄油的味道还有刺耳的油炸声填满。滚烫的油炸辣椒向来是我的弱点，尤其是博纳特辣椒，我感觉到自己热泪盈眶。我尽全力吞咽嗓子里痒痒的感觉。我试着屏住呼吸，却爆发出一阵响亮的咳嗽，无法自控，涕泗横流。艾莎和妈妈全都哈哈大笑起来，但是杰利看上去好像真的很关心我怎么样。

“要不把门打开一点？”他提议。

“没关系的。”我说道，同时努力保持呼吸平稳，“反正我得走了。”

我在易购还有一段很长的轮岗，我得确保按时到岗。我要负责一大串工作，卸货盘，给食品装袋，清理撒在过道上的东西。又是米西沙加先生和我在一起，曼尼跟我们说今天晚上离开前我们得在冷冻区卸五个货盘。我们真是急得火烧屁股，打算快点干完，但是，就在我们的轮班快结束时，有一堆货盘倒了，好几打可乐在接触地面的时候黏黏糊糊地喷了出来。米西沙加冲我舔了舔牙齿，我们花了半小时清理这乱糟糟的现场，完全是没有报酬的。我在员工休息室里正准备回家，但是曼尼跑来教训起了我，却不是因为可乐。

“听说你有了个访客。”他说。

“我们是朋友。她只是回来看看。”

“不是那个女孩儿，幸运儿。我说的是那位戴耳机的老伙计。”

“他不是什么特别的人。”我说道，并且听见自己语气里的愤怒，“是我哥哥的朋友。你在乐园区的那些人，除了整天监视我之外无事可做是吗？”

他又开始了新的说教。有很多下等人，他提醒我。有那么一些人总能引来各种各样的问题。我并不想听，我敢肯定我的不耐烦表现在了脸上，所以曼尼的话变得更具威胁性起来。他警告我说他绝不会雇佣同犯罪分子有关联的人，这是堕落。我点点头，而后就走出了休息室，匆匆忙忙穿过易购空荡荡的走道，拿这种态度对待他，是拿我的工作在冒险，我明白。当我一脚迈入冷风之中，他则停在了拉门旁边。

“你从来没有真正考虑过自己的未来吧？”他在我身后喊道。

我花了两个小时绕着街区走了一圈又一圈，也可能是走了更久，我试着思考，甚至试着去给自己此刻内心的感受找到一个准确的名词。我踩进满是泥浆的水坑，无视冰冷与潮湿。我至少穿过劳伦斯街大桥六次，来来回回，被擦身而过的车辆溅了满身脏水，一个小时后，我脚都僵了。

当我终于又回到自己住的街区时，脑袋里仍旧一团糨糊，但是我注意到，在离我们单元不远的地方停着一辆警车。当我打开房门，看见整个厨房和起居室里都挤满了陌生人，大部分都是年轻人，他们全都沉默地站在那里。我在屋子里寻找妈妈，却没能找到。但是很快我就注意到有两个身穿制服的人就站在屋里，突然间那么近，那么不真实，像做梦一样。

“你就是迈克尔吗？”其中一个警察问道。

她是位女士，头发短短的，卷卷的，眼睛是绿色的。她很年轻，可能有二十五六岁。她名叫贝芙，我确实认得她。她是乐园区的熟面孔。在一次对峙有可能扩大为暴力事件的时候，她很有震慑力地说服了一个醉汉。我也见过她在附近同十几岁的孩子很放松地聊天，是真的在同他们交谈，并不是为了得到什么有用信息。她做得很好，我知道。她是个好警察，但是这对此时此刻的我来说并没有什么帮助。我体内的每一根神经都是警觉的。我能从她搭档的身上闻到强烈的皮革味和腋下除臭剂的味道，他就站在几英尺之外。在她隐隐调整自己的站姿时，我能听到吱呀的声音。或许是她别在腰带上的东西，那条黑色的警棍，那把套着皮套的手枪。

“你是迈克尔，对吧？”她问道。

“是的。”

“嗨。”

“嗨。”

“我们接到了来自你邻居的噪声投诉。”

“好的，好的。”

“我们就是在跟进。你的朋友们已经答应把音乐关小了。”

“好的。”

“你还好吗，迈克尔？”

“没事。我没事。”

只是噪声投诉，没有更严重的事情。贝芙的对讲机里传来充满金属电流的声音，有人在报数，还有一个地址，我一直没有动。她对我说晚安，我目送两位警察离开。我等着门在他们身后合上，我甚至掀起窗帘看着他们走向警车，然后才转身走向了房子里那群陌生人。

他们都比我要年轻，打扮入时，穿衣都很宽松，五彩斑斓，是属于他们这个时代的衣服。许多人都是黑人和印第安人，其余则是亚洲人和白人，还有一些谁知道都是什么人。他们都很美，尽管面对这种令人不快的情况我也止不住这样觉得。可是现在，他们是闯入者，是下等人，没有我的许可就擅自进入，并且还吸引了警察的注意。他们在吃杰利做的食物，脏盘子扔得到处都是，躺椅前面的地毯上残留着新鲜的紫色污渍。他们还获得了其他特权，他们“复活”了妈妈以前的唱机，找出了我有许多年没听过的专辑，艾瑞莎·富兰克林，珀西·斯莱奇。纳娜·穆斯库莉？见鬼的是我妈妈到底在哪儿？

“迈克尔。”说话的是艾莎，她出现在了我身边，碰了碰我的胳膊，“能让我解释一下吗？”

我迈开了步子，因为我终于发现了妈妈。她正拿着杰利的随身听，耳麦就挂在她的脖子上。她坐在沙发上，被杰利和一个带着铁环形耳环的大个子女人夹在中间。他们旁边的茶几上放着一只小小的绿色行李箱，是几十年前妈妈搬来这个国家时使用的，如今她用来储藏照片和纪念品。通常情况下，这个箱子都放在她壁橱最上面的架子上，现在它却被拿了出来，敞开着，等待随便什么人前来检阅。照片上是过着从前那种生活的妈妈，我还是孩子时的照片，弗朗西斯的照片。我推开人群朝妈妈走去，抓住她的胳膊肘将她从沙发上拉起来，她膝头的照片散落一地。

“迈克尔，”艾莎说，“你在干什么？”

在抓紧妈妈手臂的时候我陡然清醒过来。她用力挣脱了我的手，一巴掌打在我脸上。那一刻，我们紧盯着彼此。

“我们在……听音乐。”她说，“我们在……聊天。”她的声音不太稳定。她在发抖。

此刻屋子里所有人的注意力都集中到了我身上。坐在妈妈旁边的那个女人脸上浮现出怒火。杰利的脸上则流露出沮丧。我转向了艾莎，她仍旧一言不发地盯着我。

“我提醒过你关于陌生人的事情。”

“这些都是我的朋友，迈克尔。他们听说了这个故事，想了解更多。他们想表达他们的敬意。”

“我不需要他们的敬意。我希望他们从这个房子里出去。”

我已经尽可能表现出应有的礼貌，我把那可笑的随身听和耳麦从妈妈身上拿开，扔在了沙发上。我拉住她的手，带着她穿过人群走向卧室，并且关上了门。妈妈马上就上床去了，她躺在床上，睁着眼。我试着去触碰她的肩膀，她却把我推开了，街上模模糊糊的灯光映照在她脸上。我朝门边走去，站在那里，听着起居室里的人们低声问着问题，而艾莎则在回答问题，随后便传来匆匆忙忙整理东西的动静，家具被推来推去，我真希望它们能回到原先的位置上。过了一会儿我听见人们都陆续离开了。

等我确定所有人都离开后，便走了出去，轻手轻脚地关上了妈妈卧室的门。屋子里还是一团糟，地毯上的紫色污渍似乎擦不掉了。令人吃惊的是，杰利的随身听还在沙发上，我把它拿了起来。我按下了播放键，听着这台机器悲悲戚戚的哀怨，是轻飘飘的嗓音，可能是个男人，我没有戴上耳机。我认出了这是十年前来自一间理发店的音乐。尼娜·西蒙娜，是她唱的《感觉很好》。不过改编了，重新做了混音，所以乐队始终没有加入，可爱的声线永远回环往复。

在安东被杀后，你会比以往任何时候都要更敏感。你能从陌生人的眼睛里看到怀疑和一览无余的恐惧。你能感觉到威胁的光圈始终悬在脑袋上，走在路上的时候也能瞥见身后挥之不去的动荡。在电视上，在报纸里，政客们承诺严厉打击犯罪分子，懂得分寸的发言人便报以赞同的附和。可犯罪分子并不是唯一的目标。每一天，住在附近的孩子都会被警察们拦下来，关于他们要干什么、要去哪里的盘问愈发深入。我们处在所有人的监控之中，店主、邻居、路人。或许弗朗西斯是因为知道我独自一人力不从心，所以在我们试着去造访爸爸之后，他在我面前藏起自己的失望，给我的失落腾出空间，陪着我在戴西里理发店打发时间。

理发店是德鲁的，但不是你印象中那种典型的生意模式，来的客人也并不是你预期中的那类。我在那里的第一个下午，一个名叫川斯的邻居小孩畏首畏尾地走进店里来，他要剪头发，然而他身上除了一些零钱和绒布之外什么都没有，我估摸着这些东西还不如一纸个人档案更值钱，根本不够付剪头费的。川斯顺从地坐进了一把理发椅，德鲁简单粗暴地开始了自己的工作，他把川斯的头往前推，把领口扯到一边，好露出耳朵后面比较难处理的地方。德鲁的手指戳着这个可怜男孩的眼窝寻求支撑。（“你当然会被骂了，蠢蛋！我都跟你说了别动了！”）其实大多数的怒气都是装出来的，等剪完头以后，孩子就会得到一块牛肉饼和一杯加了很多冰的可乐，并且一整天都可以待在这里。

在戴西里理发店打发时间的时候，我看见钱币在人与人之间转手，那是一种最为谦逊的收入。不过，无论德鲁希望与否，这间理发店似乎都建立起了一种不太一样的秩序。那些不太干净的临街窗口渗透或者反射进稀薄的光线，杰利的音乐循环播放，一个一个人，一个一个名字轮番出现。我看着一个年轻人来刮胡子。他向后靠在椅子上，眼睛被一件衣服蒙上，脸颊和脖子上涂满了肥皂泡沫。杰利就在他的混音板和唱机跟前忙活，在这充满歌声的空间里，德鲁操起一把折叠式剃须刀，在一片雪白之下刮出那张面孔来。现在呢，是盖乌，在刮完胡子之后对着镜子至少自我欣赏了五分钟之久，然后仔细调整了一下他的老板帽，帽子边缘相当平整，微微向右侧翘起。这里还有大块头的阿卜迪，他每天都要求“稍微修一点”。这里还有吉恩，她是个跳街舞的女孩，总是炫耀自己那身褪了色的紧身裤。还有普罗费沙，年近三十，他的大学文凭还没有着落，但总是能够说出杰利混在音轨里的那些歌的名字。

“奥蒂斯·克莱，《永恒的爱》。”他会这样说，甚至都没有从自己手里的《起源》那本书里抬抬眼。

这就是拉，说话的这个人，他是我们当中唯一足够幸运的家伙，可以住在确确实实归他父母所有的房子里（至少他自己这么说）。他戴一顶坎戈尔帽子，低低地盖过眼睛，还挂着一条长长的镀金链子。他这人瘦得皮包骨，但是打架姿势完美，让他看起来比实际要壮硕。他的手臂是由背后还有胸口看不见的大块肌肉支撑而挥出去的。在我来到戴西里的第二天，他极不情愿地承认自己有一种罕见病，阴茎肿大。这明明是个负担，反而让他赢得了一些姑娘们温柔的青睐。尽管如此，那天夜里，当真的有活生生的姑娘们来到理发店时，拉的语气瞬间就变了。卡拉、亚什和米什是这一带公认的美女，她们的指甲磨得像武器一样光，眼睛斜睨着放工具的池子。她们炫耀自己设计师款的牛仔裤和霸道的发型。在突然安静下来的理发店，她们气势汹汹地坐下来，嚼着口香糖，无聊地左顾右盼，等着什么事发生。姑娘们在的时候，曾经吹嘘自己那壮阔老二的拉几乎连句完整的话都说不出来。

“嗯……就像……你们知道的……你们这几位姑娘想不想让我给你们来点，比方说，苏打水？”

每个人都嘲笑拉。每个人也都在嘲笑彼此。在戴西里理发店，你既是演员，也是观众。你让每个人都看见你被分配的角色和命运。我们的父母都来自特立尼达、牙买加和巴巴多斯，来自斯里兰卡、波兰、索马里和越南。他们做着屎一样的工作、为房租而挣扎、长期疲劳，对于身份和体面这些概念疲于应付，还因此备受压迫。可是在戴西里，截然不同的人与关系都是可能的。你可以找到全新的语言，你能够拥有自己的态度，你明白内涵与肤色同样重要。

是普罗费沙首先给我解释了那个音乐。那个夏天，说唱成了主流，吸引了所有电视节目、电台、投资人和唱片公司的目光，所有人的耳朵都在听喊麦的人。在利益的冲击下，人人都想成为下一个大嗓门，DJ被抛弃了，他在台上的工作被工作室里提前录制好的音轨和编辑所取代。但是作为这种潮流的结果，另一些东西变得重要起来。DJ如今从自己的日常工作中解放出来，成了扩音器的备选项，这让他们得以回归传统，回到原材料上。人们又想起了旧日的英雄DJ科尔·赫尔茨[1]，新一代的改革者们固执地沿着英雄的足迹去做自己的实验。

几乎每一天，弗朗西斯和杰利都会买回来一大箱唱片，都是从加油站和二手商店里淘来的。他们仔仔细细评估自己的发现，轻轻推着彼此的肩膀，碰碰对方的手，因为某些劣质的唱片封面相视一笑，那些封面都因为时间太久而鼓了水泡或者褪了颜色。他们会拣出黑胶唱片，用一块柔软的布料悉心包裹起表面，在灯光下小心翼翼地检查划痕，然后就会放这张唱片。他们会让理发店里的每一个男孩来听，一开始只是听，不掺杂别的东西。我们就那么听着，好像生出了一双新的耳朵，那是属于我们父母的音乐，尤其是那些已经失落的朋克音乐，当然也有斯卡和灵魂乐，以及蓝调和爵士。我们听了托茨和梅塔尔的专辑，是从某个家长那里借来的，他的音乐品位向来值得信任。我们听了科尔特兰，就好像从前根本没听过似的。（真他妈的，小川斯低声说。是语言，贱人！德鲁骂道。）我们耐心听了书包嘴大叔和艾瑞莎·富兰克林，还听了马利和贝拉方特，这都是通过电视广告曲和电影原声带为大众所熟悉的甜蜜嗓音。

1　说唱音乐历史开山鼻祖之一。

弗朗西斯和杰利为我们把它偷了回来，已故的人和还活着的人，在杰利去进行重新混合之前，竟然让我们听得如此投入。

他每天都要花上好几个小时摆弄他的松下1200s播放器，这台电唱机是整个理发店里最值钱的东西，甚至可能是我们人生中最值钱的东西。他的一只耳朵上戴着耳机，双手穿过混合面板伸向那一对黑胶唱片，他找到了那些空拍，并且拆分出来，那是相当有意义的元素，一首歌里有三秒钟的闪光点，其中蕴藏了更广阔的故事，如今杰利将这三秒扩展成了无限。在这方面杰利可是大师，而且他打碟的技术绝不亚于我们听过的任何DJ。可是在新一派的DJ当中他又是古怪的，他全部的天赋都关于连续的流动，是不停地混入同一种声音、同一种风格，把一个时代的东西混入另一个时代。他使用唱片平滑转换器和不同的均衡控制器进行着魔法般的工作，让我们意识到不同乐曲之间竟然存在着我们从前根本无法想象的关联。在斯卡和蓝调之间，在西班牙港和费城之间，在二十世纪五十年代和二十世纪八十年代晚期之间。有时候这种混合也会失败，那种噪音令人毫无共鸣，即便是我也能够听出来不行。其他时候却卓有成效，那古老的，在别处的音乐被召唤回来，在强化的节奏里加冕，理发店里的每个人都忽然间噘起嘴来，点着头，被勾起了回忆。

“简直是神作，杰利。”拉说，“你是个……他们如今都怎么叫来着？一个形而上学者。一个十足的形而上学者！”

“我敢断言这肯定会让古典音乐广受好评。”普罗费沙说。

我后来了解了他们的大计划。一个以嘻哈为主的音乐不日将会在加拿大国家展览馆举办。赫赫有名的大人物和演员将从许多大城市赶来，比如纽约和洛杉矶。在音乐会之前的促销活动中会有星探和官方试镜，唱片也可能会削价出售。世界知名的艺术家、指挥家都会在那里。这对杰利来说是一个走上舞台绽放光芒的好机会，他可以去表演。

“绝对的。”拉说，“你一定会光芒万丈。”

“没错。”弗朗西斯说着碰了碰杰利的手，把他拉向自己，“我们办得到。”

弗朗西斯以前总是表现得很酷很明智。这是他不得不自我保护的方式。但是此刻我从他身体里看到的不只是某种陌生而危险的希冀，同时还有别的什么东西。那是种偶尔会在一些邻居男孩们身上发生的事情。这种事情通常会通过碰碰手、特别的眼神和拥抱表现出来，其中的真相埋藏很深，但毋庸置疑，可就是没有办法去说去解释，有时甚至都不会被其他人注意到。现如今，我在与自己有关的事情里，却看了出来。

“你能做到的。”弗朗西斯说道，他的手就放在杰利的脖子上。

那个八月，她的爸爸上晚班，所以这是艾莎第一次邀请我去她家里。尽管太阳已经落山，他们那个单元里依然酷热，只有炉子那里隐隐亮着点光。他们屋子里的许多地方都让我想起自己的屋子。那种秩序井然的整洁，那有图案的长沙发，那装着扁豆的玻璃碗摆在厨房里，是泡在水里准备第二天做饭时用的，还有用过的茶包放在一片金属箔上准备再次使用。家里摆着许多艾莎得奖的照片。还有个书架，也有一台放着唱片的电唱机。

“你看。”她说着和我并肩坐在了沙发上，“我们真的得说说你的头发了。你到底干了什么？不对，你打算干什么？”

“这是，你知道的，渐层扫把头。”

“你看上去像冈比[1]。一个呆头呆脑的冈比。”

“可弗朗西斯留这个发型总是迷倒众人。”

“可你不是弗朗西斯，不是吗？”

她又继续笑话了我一会儿。她告诉我，在她身处的热闹教

1 美国已故漫画家阿特·克洛基于1953年创造的漫画人物“冈比”，也是美国“黏土动画时代”的代表人物。

室里，女孩们会花上三分之一时间来讨论作文和算术，剩下三分之二时间都在讨论弗朗西斯。“从她们嘴巴里说出来的那些话啊，”她说，“我说的可是肉食动物哦，迈克尔。我可不在乎你的哥哥有怎样坚忍不拔的好名声，他和那些姑娘们是没有希望的。她们会活活吞了他。即使现在，她们都会为了能不能认识他而自相残杀。”

“你也想认识他吗？”我轻声问。她不再哈哈大笑，她的笑容似乎悄然起了变化。

“怎么样？”我问道。

“什么？”她反问道。

她把我带到了她的卧室，这里同样整洁有序，也同样有书，她关上了我们身后的门。一点预兆都没有，她掀起了我的上衣，也掀起了自己的。她脱掉自己的短裤，也脱掉了我的，我们就这样站了片刻。她很美，然而在她靠近时我却退缩了。她把我的手拉向她的身体，我发现她的小腹下面有疤痕，可能是来自阑尾手术，这疤痕就是我触碰到她身体的第一站。

在内心深处，我明白自己可能精于此道，也猜想自己凭本能就知道该做什么。但是我没有。我们并肩在床上躺了很久，学着怎样抚摸并亲吻彼此。她温柔地将我的头按向自己的身体，而后她找出了安全套，我笨拙地戴上。她冲我点了点头，在我进入她身体的时候她始终睁着眼睛，后来她转过头去，再转回来的时候她的眼睛闭上了，她的嘴唇在寻找我的嘴唇。

过了一会儿，她引导着我的手去往它应该去的地方，最后一切都是在她的协助下完成的，事后我们躺在床上，没有说话。这不是她的第一次，当我一遍又一遍温柔地亲吻她的手指时，感觉到手指上有她独有的气味。

距离最后一个客人离开已经两个小时了，妈妈在她的房间里睡觉时，我打扫了厨房和起居室。我打开窗户让烟味散出去，把家具一一归位。但还是一团糟。碎屑掉得到处都是，但是我会等到早上再用吸尘器。红酒和啤酒都留了下来，我索性喝了一点。妈妈的手提箱仍旧敞开着放在茶几上，只有现在，喝了点酒，我才能允许自己去看一下。

都是老物件。是用来回忆的东西，或者也可能同样是用来遗忘的东西。明信片和演唱会门票。纪念品和遗物。一个小小的红褐色盒子里装满了玻璃首饰，很漂亮，也很廉价。当然还有很多照片，有些是散开的，有些是用回形针和橡皮筋绑在一起的，都是妈妈、弗朗西斯和我的照片，但是我试图无视它们。我反而拿出了妈妈小时候的学校笔记本，不知道她为什么会把这个东西留下来。封面上有个毫无意义的标题“标准A”，里面的字迹写得又隽永又认真，就好像对于写下这些字迹的女孩来说，一切都岌岌可危。

水仙花。

罗切斯特。

帝国。

荒谬绝伦。

每一个单词旁边都有一个潦草的对钩，这一页最下面还有一条评语，“很好”，评语是这样说的。

一点钟左右，艾莎独自一人回来，是用自己的钥匙开的门，我仍旧坐在沙发上。我比画了一下，表示妈妈正在房间里睡觉，她轻手轻脚走了进来。我问她杰利在哪儿，她说他去找可以擦掉地毯上污渍的东西。他马上就回来，要是他必须得走的话，他就来拿上东西。我没有回答。我现在是不会因为心怀同情就被打动的。她坐在了沙发的另一端，把手伸向了我放下的照片，那是一些亲戚的照片，这些亲戚就来自她父亲出生的那个村庄。她发现了一张妈妈十几岁时候的照片，穿着一条蓝色或者绿色的裙子，她的目光显得很不可思议地看着远处，她细弱的手臂高高举起，抵挡太阳散发的强光。

“她真美啊，迈克尔。”她说，“她现在也很美。你知道背景里这个白色的建筑吗？你回故乡的时候去过吗？那是精神浸礼会的教堂。‘施洗者’，他们也被这样称呼过。我在那里的时候了解到这些。有很长一段时间，他们的活动在特立尼达是不合法的。他们不能信奉自己选择的那条路。他们甚至不能大声祈祷与悲痛。”

她紧皱眉头，她的喉咙里出现了某种类似艰难吞咽的声音。她是在哭，我知道，可是当我触碰到她的肩膀时，她却愤怒地摇了摇头。她清了清喉咙，咽了口唾沫。等到再度开口时，她的声音是嘶哑的。

“我爸爸就住在离那个教堂不远的地方，走几步就到，但是他什么也没有告诉我。他几乎没有对我说起过他的过去。他没有提起过他的父母为什么不能一直喂养自己的孩子。他也从来没有提起过他死去的兄弟姐妹，他们都是在很小的时候就死去了，更没有提起过他那同美国大兵寻欢作乐、以此为自己谋求出路的姨妈。他也从来没有解释过为什么他要一辈子在这个地方做个保安。就连他的癌症我也是到最后才听一个护士告诉我的。”

我现在还能看见曾经有过的一幕。那是去年夏天之前的一个冬天，我在回家的时候看到弗朗西斯和塞缪尔一起站在沃尔多夫附近的一处人行道上。在我走近的时候，我哥哥冲我干瘪地点了点头，可塞缪尔却笑了，他脱下了帽子，理了理自己稀疏的灰发。“晚上好。”他说。而后，极其不可思议的是，他居然开始唱起了歌。他就那么唱着，唱得很难听，声音低沉，那是一首法语歌，我对这首歌印象很深，但是说不上来名字，而且，我的注意力全在弗朗西斯身上。那是很艰难的一周，我哥哥又和妈妈吵架了。我是清楚的，任何成年人提供给他的东西都有可能惹毛他，任何教育姿态和暗含其中的嘲讽都会让他爆发。然而在塞缪尔唱歌时，我哥哥唯一采取的举动就是盯着街道出神，有些尴尬，甚至有些害羞。塞缪尔只唱了几秒钟。我猜这是他俩之间的某种玩笑，但是塞缪尔似乎意识到弗朗西斯并不享受这个玩笑。他看了我一眼，飞快地点点头便礼貌地离开了。

我想把这个片段告诉艾莎。她回来后我一直都希望能同她好好聊一聊。但是现在我听见门廊上的脚步声，前门被打开了。是杰利。他带回来一瓶去污喷雾。他关上了身后的门，但站在门口的地毯上没有动，仿佛不愿意再往前走了。艾莎笑了，招呼他进来，于是他脱掉了鞋子，去厨房弄湿一块抹布，然后回到地毯那里，小心翼翼地用湿抹布擦拭起来。他看了喷雾瓶上的说明，眯起眼睛研究那些密密麻麻的小字。

艾莎透过鼻子呼哧笑了。她从沙发上站起来，走进了我的卧室。杰利开始朝污渍上喷清洁剂，在他擦拭污渍的时候艾莎又拿着一张浅绿色的传单回来了。上面的图案是树立在舞台上的麦克风。除此之外是演出者的名单。耶·莱彻思、希斯特·索杰纳、杜提·布克曼。倒数第二行写着：DJ德杰里。

"德杰里。"艾莎说，"就好像是在一个古老部落里，一个讲述史诗的说唱人。在我爸爸去世几天后，我去了市中心，只是为了走一走，虽然我很伤心，但那里还是挺漂亮的。我听到有人在背后喊我，'你，姐妹。'我转过身去，一个男孩紧张兮兮地把这张传单递给了我。他还为自己大声喊我表示了歉意。他希望我能帮忙散发这份传单，'你明白，就像，或许你有一个儿子或者一个女儿或者别的什么。'真是个眼瞎的小家伙。"

"那是斯考特·斯科特。"杰利说道，"他是个好孩子。他并不是有意冒犯你的。"

"好吧，我猜我当时看上去状态并不好。"艾莎说道，"不管怎么说，我拿了这份传单，但是并不知道自己为什么要这么做。还有为什么第二天晚上我还真就出现在了城里小小的地下俱乐部。那里恐怕得有三打各种各样满怀期待的面孔，学生、艺术家、演员、无名小卒。那里有音乐，有些挺不错，有些没那么好。还有诗歌，有些不错，有些一般般。但是我很享受。我觉得自己和人群又产生了联系。”

我又看了一遍这个名字。德杰里。戴西里的那些男孩们所说的就是这样的吗？他们知道吗？我看向杰利，他还在擦污渍，可是看上去他好像只是把那块紫色的污迹在地毯上给晕开了。他叹了口气。

“我没有留下的必要了。”他说。

“你看，”我说，“很抱歉我生气了。我明白你们一直在努力做的事情。你们俩都可以再留一个晚上，要是你们需要的话，好吗？我只是想要提醒你们，在我妈妈这方面我们得慢一点。这对她来说并不容易。她很受伤。她真的很受伤。”

艾莎点了点头。她随手摆弄着手里的那些照片，发现了一张弗朗西斯在七十年代末期的照片。照片上我的哥哥留着黑人式的蓬松发型，穿着草绿色和橙色相间的宽领短袖。她给杰利看了那张照片。他的表情在之前的某个夜晚我就看见过。那个表情里有悲伤。

在我和艾莎有了第一次身体接触的翌日晚上，戴西里理发店的男孩们认定杰利需要彩排，不能只是单纯练习，要有真正的观众。艾莎和我踩过大街上破碎的光线，夜晚的热气包裹住我们的皮肤。我们刚一到商业街后面，就能看到也能听见那份热闹了，灯光和音乐散射在重重叠叠的传单上，这些传单贴满了窗户。我推开门，发现里面挤满了人。德鲁让艾莎进去了，却伸手挡住了我。

“请出示身份证。”他说。

“你给我放下。”我说。

“你好好看看那上面写的，年轻人。”

戴西里完全变样了，太神奇了，它变成了类似俱乐部的地方，里面都是借来的扬声器、功放和麦克风。薄薄的布料包裹在灯泡上，在所有物品上投射下五颜六色的光线。杰利在一个临时搭建的舞台上做着自己的事情，在混合器和转盘上忙活，人群大胆而自由地摇摆着，每个人都紧紧贴着另一个人。有个我不认识的男孩正对着没声儿的麦克风说着什么，还有一个大块头的女孩，头发做成金色，一把夺走了麦克风。“给我。”男孩说道，但是她完全无视了他，其他女孩都跟着起哄。金发美人对着杰利的耳朵说着什么，他点了点头，为她找了一个破碎的节拍。当她在脑海中预演那几行歌词时，你能看见她的嘴巴兀自嗫喏了一会儿，随后她便用犀利而高亢的嗓音押着韵说唱起来，双手在空中比画出每个单词。

“埃格林顿的年轻人，

“金斯敦的年轻人，

“康普顿的年轻人，

“布鲁克林的年轻人，

“斯卡伯勒的年轻人……”

我看见弗朗西斯就站在杰利身边，他的男孩正不断切换着音乐，将两种截然不同的音轨融合在一起，古老与新潮，加勒比海与美国，现在又是非洲灵魂乐，随后人群中爆发出一阵欢呼。

弗朗西斯喊着“大声”，其他人也纷纷加入呐喊。连艾莎也加入了，她拂掉脸上的头发，喊着："大声！”这地方的每一个人都异口同声。

大声！

受伤的弗朗西斯

早上六点钟左右，就是在戴西里那场派对即将落幕的时候，警察出现了。因为这帮男孩，警察们之前也造访戴西里。但是这一次，由于之前的枪击事件，事件后整个区域都笼罩在高压之中，警察们目光冰冷，显然是带着任务来的。他们大量出现在门口，其中六个人当即就穿上了笨重的背心，当他们询问能否进来时，我明白那并不是真正的请求，那是命令。他们进到我们的地盘，理发店瞬间就变小了，气氛也变了。音乐中断，之前一张张容光焕发的面孔此刻都面无表情。

“这是在干吗？”德鲁问道。

“一个邻居闻到了毒品的味道。”一名警察解释道，“我们来搜查毒品。”

“我能猜一下是海湾大街的某位官员吗？”

“站到墙边去，可笑的家伙。掏空口袋。剩下的人也都是。”

每个人都磨磨蹭蹭地朝墙边走去，但是有个警察看不惯杰利在电唱机旁边磨磨唧唧的样子，他正将两张珍贵的唱片从转盘上取下来，放回套子里去。警察朝他走去，用力拍了拍他。“嘿，天才。”他说。

弗朗西斯跳了出来，“别碰他！”他吼道。戴西里理发店出现了一阵危险的沉默。每个人，甚至是警察也都安静下来，盯着他看。我感觉到一滴奇痒无比的冷汗顺着上衣背后滑落下来。拍了杰利的那个警察比其他人看起来都要年轻。

“你说什么？”他问道，脸上浮起了笑容。

弗朗西斯没有回答，他凝视警察的目光变得冷硬，眼睛一眨不眨，眼眶里水汽氤氲。我无助地望着那个年轻警察的手，以及那只手和腰带上那把手枪之间的距离。过了一段不可思议的漫长时间，警察才又问了一遍：“你说什么？”随后一个年长一些的警察低声同他说了些什么。

“好吧，弗朗西斯。”年轻警察又开口了，“你和你的朋友到墙边去，和其他人一样把口袋掏空。”

我哥哥和杰利照做了。搜查快速进行起来。什么也没发现。普罗费沙的口袋里发现了一个大麻烟蒂剪，德鲁连忙解释说那是个修头发的剪子，并且为了证明，他战战兢兢地剪了一个男孩的头发，那个男孩连忙把剪子从德鲁手里打掉，瞪了他一眼。搜查结束的时候，警察表示感谢我们允许他的队员们进来。

“哦，不，”德鲁说，“得谢谢你们，好心的警官们。”

警察们离开后没多久，理发店里没人动弹，也没人说话。我盯着弗朗西斯，他仍旧眼眶潮湿，浑身颤抖，或许是恐惧，或许是愤怒，又或者兼而有之。只有当杰利靠近他，并且碰了碰他的胳膊时，他才重重地咽了口唾沫，点了点头。

弗朗西斯可能会给自己找麻烦。每个人都清楚。只要是在乐园区长大，你就会有这种直觉，这种感觉在弗朗西斯十六岁的一个夜晚曾人尽皆知地印证过。那是圣诞节前的一周，妈妈刚刚下班回家。她涂了口红，还穿上了只在某些“场合”才会穿的百褶裙。她嘴里哼着马来语歌曲，却是西班牙风格的，我们知道这是特立尼达岛每年到这个时候就会演奏的音乐。她看上去很开心，至少是想要开心。她飞快地把昨天剩下的小扁豆蔬菜乱炖给我们加热，弗朗西斯说：“你没有给自己留吃的。”她宣称自己并不饿。而后她提醒我们，今年的圣诞节很可能是个静悄悄的圣诞，每个人都能美餐一顿，但是可能没有礼物。都是因为“经济原因”，她解释说。她会找到新工作，并且希望在假期之后能够多加班。

坐在餐桌边，弗朗西斯缄口不语，整个房间里只有寂静在流淌。

一开始妈妈只是继续哼歌。而后她放下了叉子，怒气冲冲地闭上眼睛："站起来。"她低声说，"像个男人。"

弗朗西斯又继续沉默了一会儿，随后他站了起来，着手穿外套。我连忙冲过去穿上自己的夹克衫，跟着他一起出门去了。

雨夹雪硬邦邦地砸到我们的脸上，天空的颜色有点像玫瑰盐。弗朗西斯和我走了二十分钟来到最近的一家7-11，我们一人买了一个热狗，在店里吃完了，结果保安却过来说我们得马上离开，不然他就叫警察。所以我们只得又走到一个街区外的车站，坐在车站顶棚下的长椅上，冻得瑟瑟发抖，谁都没有说话。我们盯着车站前湿漉漉的地面，手插在口袋里，脖子和脸全都缩进外套里，为了取暖连手也缩进了袖子里。我的鞋子全湿了，为了避免冻僵脚趾，我不断地将脚趾伸开又蜷起来。

一位女士走进了车站的顶棚下。她穿着光鲜，无视天气的恶劣，拎着购物袋，是那种有彩色绳子可以收缩自如的购物袋。很显然，她透过车站脏兮兮的玻璃并没有看到我和弗朗西斯，现在才发现自己离我们如此之近，因此看上去有点不太自在。弗朗西斯往长椅旁边又错出两个位置，这样一来她就可以坐下了，但是她故意看向了别处。他试图同她目光相接，甚至还在某一刻指了指那个空位子，但是这个举动似乎让她更害怕了。她离开了，沿着大街一直往前走，或许是要去下一个车站，她的高跟鞋一路敲打着人行道。

“这不是妈妈的错。”我说，“她已经尽力了。”

“我知道不是她的错，见鬼！你觉得我到底是个什么样的人？”

有一群年轻人朝车站这边走来。一开始很难辨认是什么人，但看得出比我们年纪大，穿着尺码过大的上衣和松松垮垮的牛仔裤，裤子从敞开的外套下面耷拉出来。其中一个人站在一辆自行车的脚镫子上，这么一站自行车对他来说就太矮了点，车把手上缠着黑胶带。他们身后是一栋公寓楼背后的安全灯，勉强打在他们身上，所以他们过来的时候就好像没有脸，周身漆黑，只被灯光勾勒出轮廓。

“我们得走了。”我对弗朗西斯说。

“公交站又不是谁私有的。”弗朗西斯说。

现在并不是争执这个问题的好时候，但是我留下了，希望这伙人只是恰好从这里经过。然而他们全都挤在了门边，堵住了我们的去路。随着他们渐渐靠近，似乎也没有那么凶恶。他们是我们认识的人，都是早已学会凡事靠自己的邻居男孩。其中一个人按下了打火机，巨大的橙色火焰照亮了其他几个人笑嘻嘻的面庞，车站的玻璃上影子在跳舞，在颤动。有个年轻人管自己叫斯卡特，他是年纪最小的一个，他戴了墨镜，这让他有了一双昆虫一样能反射一切的眼睛。他看见我的时候脸上浮现出邪恶的笑容。

“怎么了，小贱人?”他说。

其他人哄堂大笑，是意味深长并且嘶哑的笑声。有一个家伙张开嘴露出那一团白色的口香糖。另一个人前排的牙齿还没长出来，尽管他少说也有十四岁了。而后笑声渐渐消失，在我想自己是不是回应为好的时候，出现了一阵尴尬的空白。

“嘿，小贱人，”斯卡特说，“嘿，娘娘腔。我在跟你说话，狗屎。”

“嗨。”我小心翼翼地回答。

“嗨，他跟我说。”斯卡特哈哈大笑，“嗨。”

弗朗西斯告诫过我要为自己挺身而出。你至少得这么做一次，他这样说过。在那个车站里，他看着我，等着我行动起来。我能感觉到吃下去的太妃糖在肚子里拉扯搅拌。我压低了声音，让斯卡特滚蛋。有几个大孩子轻轻笑了出来，斯卡特的脸上瞬间露出了吃惊的神色，他颇为尴尬地瞥了一眼自己的同伴，这才回过神来。他又挂上了自己的招牌笑容，就好像是在等这一刻似的。紧接着他就从外套里抽出一把刀来。

那是某种猎刀，是在夜间电视广告上能看到的那种刀。斯卡特将刀挥到我面前，刀尖压得很低，所以街上的行人多半是看不见的，而刀尖几乎已经碰到了我的小腹。

“像这样滚吗?”他问道。

我已经准备好要嘟嘟囔囔说些什么了，虽然并不是要道歉，而是一些缓和眼下情况的话。可是弗朗西斯呢，他的眼睛都没有离开斯卡特的脸，就慢慢冲那把刀抬起手来，手指紧紧握住了刀刃。

他碰到了刀，也握住了刀。这两个男孩盯着彼此时争执了片刻。最终是弗朗西斯血淋淋的手里握着那把刀。斯卡特放手了，脸上似乎顷刻闪过了震惊，甚至是有点担心，但是这神情转瞬即逝。他透过鼻子嗤笑了一下，漫不经心地退后，向包括我在内的其他所有一语不发的旁观者喊话。

“真他妈的有病。”他说。

这件事之后斯卡特和弗朗西斯都声名大噪。握着刀柄的那个人最终证明了自己没有办法继续刺下去。即便是在优势如此明显的情况下，斯卡特还是放开了刀，而这种懦弱的表现让他付出了更多代价来修正别人的看法，不管他到底有多努力吧，反正他就是不断通过姿态和行动来对别人进行攻击。

然而握着刀片的那一方收获了截然不同的声望。在对这个故事的诸多讲述中，弗朗西斯的手不是仅仅割破了，而是连骨头都露出来了，血流如注，抛洒一地。弗朗西斯证明了只需要一个动作，你就能永远名声在外。他不仅能够坚守阵地，在被逼迫的时候，他还能够疯狂。

杰利去试唱的那天晚上，弗朗西斯在镜子前面调整墨镜就调整了一个小时，即便那么热的天，他也坚持穿一件带毛领的薄夹克。他朝我脑袋上两种颜色的头巾翻了个白眼，但是什么也没说。

计划是在音乐会场地直接和其他戴西里理发店的男孩碰头。弗朗西斯负责开车。从理发店开上车后，我们在沃尔多夫停了一下接艾莎。她就穿着日常的衣服，不过也戴了一顶帽子，这是她唯一可以向嘻哈女孩儿风格做出的妥协。她钻到车后面和我坐在一起。我们开到了郊区的一处“好地方”，那里都是独栋房屋，我们从拉的父母家把他接了出来。他穿了套明黄色的竞赛服，像长了两条腿的香蕉，但是当他看到我凭借一己之力完成的装扮后，简直是怒目而视。

“不是吧。”他对我哥哥说，“他？你带他一起？”

“放轻松点。”他说，“他会很酷的。”

“他戴的那是什么鬼东西？”

“你们俩在说什么?”我问道。

“你脑袋上那东西。你看着就像嗜血的詹米玛大婶[1]!”

我们最后接上了杰利，他住在一栋名为罗斯代尔的多层公寓楼里。这栋楼是倾斜的，仿佛是陷入了寸草不生的松软土地。前院泥泞不堪，全都是土，煤渣块上停着生锈的汽车，还有一堆放了很久的披萨盒，晾衣绳上挂着的衣服看起来全都脏兮兮的。杰利带着一个小男孩一起等在门口，可能是他的弟弟。他们相互撞了一下拳头，然后拥抱，小男孩一直看着他，在他将一箱唱片拖到车上时又冲他挥了挥手。我们发车时，小男孩叫着“祝你好运”!但是杰利并没有回头去看。他仍旧穿着那件薄薄的灰色卫衣，一直紧张地盯着自己的手指，当他发现我在看他时，便将手藏到了胳膊下面。

“好吧。”忽然间他开口道，“我们就干吧。”

到了活动现场后，我们停好车，同其他伙伴会合，尽可能酷酷地朝体育场走去。那里贴着一些表演者的海报，边上都是些穿着紧身短裙和胸衣的女人，身上挂着运动风的闪光链条，还套着臂镯。面试的人已经排起了长长的队，一直排到边上的一个帐篷里。我们在队尾站定，队伍朝检查身份证同时记录名

1 原为美国商业广告中的黑人厨娘，戴头巾。

字的保镖缓慢挪动。我们的耳朵全都被电子音乐给灌满了。

等待似乎永无止境，但即便只是等待就已足够让人兴奋。每隔一会儿我们就能听到面试帐篷里传来音乐声，有些排队的孩子会在地上躺一会儿。音乐会突然终结，或许是因为时间到了，也可能是听者的耐心耗尽了。我被堵在了一些中产阶级的白人小男孩后面，他们身上穿的不是那种谁都买得起的衣服。都是耐克、乔丹、路易威登。他们相互开玩笑，用手比画枪的动作。他们抱怨某些表演。“真是屎一样的演出，也太水了。”其中一个人说，“现在是主唱。他才是真正的狗屎。黑鬼就应该因为暴力和随地大小便在监狱里度日。”

我和艾莎站在一起，我有两次发现她在看弗朗西斯，他坐立不安，不是探着脖子想进帐篷里面去看，就是一遍遍反复检查杰利带来的那箱唱片。游戏摊位和游乐设施上方的阴影越来越浓重，怪物设施背后的天空燃烧成一片橘色。

我们终于进入了保镖的视野之中。他们全都又高又壮，都穿着T恤，上面写着“帝王运动”，它是这一次的主要赞助商。

“舞台看上去清楚多了。”弗朗西斯对他们说。

“放松，伙计。”其中一个保安回应道，“会轮到你的。”

“好了。”另一个说道，“你们这些大明星是下一个。”一个已经搭好的舞台，上面有转盘、混合面板以及扬声器。舞台前面摆了一张桌子、五把椅子，但是只有两个人坐在那里。其中一个很显然是发起人，穿着一件白色短袖，另一个则是乐队指挥，身上挂着链条，穿黑色的运动上衣，脚上踩着一双招摇的白色乔丹。我们进去的时候，白上衣一直在跟指挥聊天，就好像我们根本不存在似的，不过指挥却冲我们点了点头，指了指舞台。杰利把自己那箱唱片拖到转盘旁边，弗朗西斯则帮他一起做准备，共同调试耳麦，检测声音，从箱子里拿出了不少唱片，这样在需要的时候比较方便拿取。他们的主要阵地是一台松下1200s，控制面板上有更多的拨盘、转换器和功能键，连杰利都不曾见过。他们花了点工夫准备完毕，两个人都看着评委，我们这些人也都看着评委，然后相互看着彼此。杰利和弗朗西斯并没有相互碰碰手，弗朗西斯只是点点头便退到了后面。

以惊人的歌声作为开场，杰利的表演开始了。之前有一次，在戴西里，杰利用一盒卡带播了点什么音乐，连普罗费沙都被难住了。那是用我认不出的语言演唱的，一曲终了，弗朗西斯说这叫“巴沃”，是来自索马里的一种唱法，通常都是歌唱爱情的。现在，杰利又播放了这首歌曲，在正式进入工作之前，他让歌词在寂静的空气中独自唱响近十秒钟。鼓点和贝斯随后加入进去，而后其他音乐也严丝合缝地在其中找到自己的层次，干净利落。灵魂乐、慢摇，甚至卡利普索和刚果伦巴。需要唱片的时候弗朗西斯就负责拿起来递过去。我听到了普罗费沙指出过名字的那些艺术家：格拉迪丝·奈特，斯莫奇·鲁滨逊，埃塔·詹姆斯。我听到了手鼓和傻里傻气的迪斯科。我听到了来自亨德里克斯的一大段吉他。一段蓝调渐渐裂变，加速奔向数字化的未来。他不断地将声音层层覆盖，打乱时序，让男人的声音听起来像女人，让女人的歌声听起来像男人，一首歌原本的质感和意义在他翻飞的手里获得了新生。

“见鬼。”拉低声感叹，他就站在我旁边。

我们全都呆住了。他的表现完全超乎了我们的想象，更宏大，更壮阔，也更怪异，甚至对杰利自己来说也是一种突破。一切似乎都在他的掌控之中。乡村音乐、朋克……指挥完全被吸引住了。各种风格和声音共同奔流，从音乐到噪音再到音乐再到噪音，回环往复。白上衣挥了挥手让他停下来，但是杰利完全沉浸在自己的世界里，根本停不下来。弗朗西斯戳了一下他的肩膀，他才清醒过来，随后他便停下了一切，抬起了唱针。

男孩们纷纷冲向杰利，向他表示祝贺，弗朗西斯却站在一旁，呼吸沉重，脸上浮现出一丝微笑。指挥站起来鼓掌，等大家终于安静下来能听见他说什么时，他对杰利和他展示的作品表示了感谢，他说表演很精彩，杰利是有天赋的。他让我们保持安静，留在原地，他和白上衣走到后面去商议。我们全都站在原地，等待更多的说法，但是我不太肯定是不是还有更多。最终弗朗西斯开口了。

“你们还想从他那里听更多东西吗？”他问。

“谢谢你。”白上衣答道，却没有看他。

“他还可以表演另一组，很快的。”

“谢谢你。有另一组在等待。”

弗朗西斯仍旧站在那里。戴西里理发店的男孩们都示意他快点走。白上衣转向了一个交换机技术员，露出一副“什么鬼东西”的表情。

弗朗西斯清了清喉咙：“要是我们赢了的话，你们会联系我们的，是吗？”他问道。

“是的，孩子，当然了。我们当然会联系你们。”

我们已经准备好那天晚上在戴西里理发店庆祝了，德鲁说他最好先回去做准备。于是男孩们陆续回去了，每个人在离开前都向杰利表示了感谢。

“这是里程碑式的。”普罗费沙说。

艾莎给了我一个拥抱，说她恐怕不能去戴西里了。“太棒了。”她对杰利和弗朗西斯说，“是真的。那个发起人怎么想真是一点也不重要。你已经是无冕之王了。”但是我觉得她的声音听起来未免也太绵软了，弗朗西斯只是咽了下口水，点了点头。我们都准备回去了，弗朗西斯、杰利还有我，这种感觉就像是我突然之间明白了我的哥哥：枪击之后、面试之前的那些不眠之夜，那种纯粹的期待削减成了一场被迅速切断的表演，但也已经令人满足了。弗朗西斯有些纠结，他觉得所有一切都有问题，唱机转盘放得太高了，看起来也不是很标准，唱针也不准，他们根本就没有给我们充足的时间。

“他们到底知不知道怎么找到我们？”他说，“他们有我们的联系方式吗？有人看见他们真的写下来了吗？”

杰利耸了耸肩。之前排起的长队已经消失了，保镖仍旧站在面试帐篷外，相互开着玩笑。他们旁边除了一些清洁工之外什么人也没有，清洁工正在捡拾丢在外面的垃圾。弗朗西斯回过头去看帐篷和保镖，而后径直朝他们走去。杰利和我跟在他身后。

现在外面站着四个保镖，一个黑衣服三个白衣服，一开始他们都对我们视而不见。但是随后有人拍了拍另一个人，他们就都转过来看着我们。

“我得和发起人谈谈。”弗朗西斯说。

“很抱歉，伙计，表演已经结束了。”

“我们只是需要和他谈谈。”

“你听见我说什么了，伙计。你们不能进去。”

他们聚集在他面前，个个人高马大，健壮的体魄全都是专业级别的，满手都是举重训练时用的粉末。“帝国运动”的字样在他们胸前闪闪发光。弗朗西斯往前迈了一步，与他们对视，气氛瞬间紧张起来。

“听我说。”弗朗西斯解释道，“我们刚刚就在里面。”

“哦，你刚刚就在里面。”黑衣保镖重复了一遍。

“我们刚刚是在面试。是表演的。”

“哦，我明白，你们这些家伙是去表演的。”保镖说道，“你刚刚是在做你自己的事情吗？你和你的兄弟们？你的黑鬼们？”他把手比画成某种不尊重的手势。那些白衣保镖全都笑了起来。

杰利碰了碰弗朗西斯的肩膀，但是弗朗西斯甩开了他的手。杰利又碰了碰他，这一次是很温柔地碰了碰胳膊，小声说了些什么，但是我哥没有回答。那些保镖还在笑。我能看出弗朗西斯的眼睛里有了泪水。他哽咽了。

“我们要进去。”他说。

“我想不行。”黑衣保镖说。

“弗朗西斯……”我开了口。

“没错，弗朗西斯，不如你听听那个小贱人……”

一记重拳打在保镖的鼻子上，发出响亮的断裂声，保镖立刻就打了回来。忽然就这么打了起来。但凡出现这样的情况，就根本没有退路，你别无选择，所以只能加入混战。杰利很显然清楚这一点，我们俩全都拼尽了全力，疯狂地朝那些保镖身上猛打。杰利看上去至少还碰到了他们，但是我的指关节、膝关节几乎什么都没碰到，就被人痛打了一顿，我的下巴都被揍麻木了，连疼痛都感觉不到。我的肋骨被什么东西给打了两次，好像是球拍之类的，然后我就不知怎么被控制住了。我的肩膀几乎快要撕裂了，我什么也做不了，只能眼睁睁看着两个保镖打我哥哥。他们狠狠踢他的腿，他躺在地上，拼命用手护住脑袋，抵抗保镖们的拳脚相加。

“这白痴打断了我的鼻子……”一个保镖抱怨。

“把他压住。”另一个说。

“操他妈的。朝他脸上打。”

杰利也被一个保镖用胳膊给控制住了，在其他保镖不断踢打弗朗西斯的肚子、脸并且站在他的手指上时，杰利一直在尖叫。我听到哥哥发出了一些别的声音，是嘟嘟囔囔的咒骂，就像一根棍子敲打一袋沙子般的声音。我听到他的嘴巴和肺部发出喑哑的声音，声嘶力竭，却没有发出一个音来。我听到自己在喊停。我的嘴巴里全都是咸咸的盐。

确实停下了。一个男人在喊着什么。过了一会儿他喊的话才清楚起来，我也才弄明白是帐篷里的男人喊出来的。弗朗西斯很安静，蜷缩成一团，从我脚边滚开。

我看见保镖们回到帐篷里。弗朗西斯站了起来，但是他看上去茫然失措，忧心忡忡，就好像他不知道自己在哪儿，也不知道发生了什么。杰利想要扶住他，但是我哥哥再一次甩开了他。我也终于站了起来，因为肋骨的疼痛而眉头紧皱。弗朗西斯往外吐血，平静地自言自语，杰利对他说了些什么，听起来也像碎片式的胡言乱语。弗朗西斯弯下腰，保持住平衡，从地上捡起自己的帽子。他仔仔细细地把帽子掸干净，戴回了头上。我们便一瘸一拐地离开了。

“你们站住！”

是那个白上衣。他就站在帐篷的入口处，用手里的电话指着我们。

“你们给我回来，我要叫警察。”他说，“听明白了吗？我要让你们这些流氓吃牢饭。”

我一呼吸肋骨就疼，当我拿舌头去舔自己的嘴唇时，觉得自己好像在舔一块肝脏，那东西根本不像是我自己身上的一部分。我的嘴巴里全都是咸咸的汗。但是弗朗西斯看上去完全是遭到了毁灭性打击。他闭着的左眼很肿，流出细细的一道血来。他的鼻子让人目不忍视，嘴唇也烂了。鲜血不断从鼻子里冒出来，他就不断地用衣角去擦。

杰利帮着他上了车。他甚至还有些滑稽地扣上了安全带。杰利想带他去医院，但是弗朗西斯吵闹起来。“没门。”他说，“他们会因为打架而整我们的。想都别想。”我们停在了一个加油站，对着洗手间里的拉丝钢镜清理自己。但是有个服务人员打断了我们，他站在一个安全距离之外，说我们要是不马上离开的话，他就会叫警察来。

杰利又把车开回了街上。“我会在戴西里给他清理干净的。和其他男孩一起。”

“不。”我说，“拜托了，把我们两个都放回家吧。”

“他需要我们的帮助。他需要他的人。”

“我要先回家。”弗朗西斯说，“我的帽子呢？”他问道，然而帽子就在他的头上戴着。

妈妈从沙发上站了起来。她已经换好衣服准备睡觉了，结果瞬间就清醒过来，在电视机一闪一闪的蓝光里瞪大眼睛看着她的大儿子。

“弗朗西斯!”她失声惊叫。

他跌跌撞撞向她倒去。她扶住他的时候闭上了眼睛，而后又稍稍推开他，端详他的脸，她的鼻孔张大了。我们已经尽力清理了，可他看上去还是糟糕透顶。妈妈用她浴袍的袖子轻柔地擦掉他脸上的汗和凝结的血迹。我哥哥的脸上浮现出无辜的悲伤来。

“弗朗西斯，发生了什么?”

她将他拉近自己的身体，说她会帮他的。无论发生了什么，无论他做了什么，她都会帮助他，她保证。他开始发出低沉的叹息声，是从小腹深处发出来的。他开始为了所有的事情向她低声道歉，为了自己的脸，为了自己的血弄脏了她干净的睡衣，为了她一直以来繁重的工作。

“别说了，我的儿子。别说了，求你了，别哭了。”

“对不起，妈妈。”

“现在什么都别说。坐到沙发上来，弗朗西斯。就坐在这里不要动。我不会离开你的，我保证。我给你拿点东西来。纱布，还有药膏。”

“我对一切一切都太抱歉了。”他说。

她冲到浴室，我听见她打开了浴室后面的柜子，在架子上一阵乱翻，同时传来东西掉落在水槽里的金属撞击声。我便到浴室里去帮忙。我把她碰下来的化妆品都推到一边。我握住她颤抖的双手，告诉她他不会有事的，她闭上眼睛，好一会儿才缓过劲来。可是等我们回到起居室时，弗朗西斯已经走了。

“拜托了。”艾莎对我耳语，“你得帮帮忙。”

我正坐在起居室的沙发上，身上穿的还是下班回来遣散派对时穿的那件衣服。似乎已经是清晨，但天还是很黑，房间很冷，雨夹雪嘈杂地敲打在窗户上。

艾莎蹲在我旁边：“出了个事故。”

“什么？在哪儿……是谁？”

“你妈妈。她又乱过马路。杰利和她在一起。”

她还同我说了更多的话，但是我一个字也没有听进去。我连忙起身穿上鞋子，因为起立得太急而一阵头晕目眩。在大马路的最右侧车道上，我看见一些车闪着前灯停在一小群街坊邻里旁边，有个男人站在他们前面疏导交通。我跑过去，看见妈妈倒在地上，我把她的裤子卷起来查看她的腿。她还在呼吸。

她的右腿似乎肿了，淤青严重，她眼睛紧闭，表示她是有知觉的。杰利就在她旁边，低声同她说着话。

“我都看见了。”亨利太太对我说，“我看见他的车撞到了她。”

“她就那么跑到马路上来了。”一个男人说，“我没办法及时刹车。”

他不是这里的人。他穿着得体，车又大又贵。“她不知道从哪里蹿到马路上来的。”他又重复了一遍。有个邻居说他们已经叫了救护车，此刻我听到了鸣笛。我低下头去看妈妈，杰利正用棉纸给她蘸湿嘴巴。

“别碰她！”我吼道。

“她渴了。”杰利说。

“我说了别他妈碰她。”

杰利站起来，直直地看着我。亨利太太从我身边挤了过去。她略显困难地蹲了下去，摸了摸她的脸。“露丝？”她冷静地问，“你会没事的。”她闭上眼睛温柔地唱起了歌来。“回家吧，锡安的流浪者。回家吧，锡安的流浪者。”妈妈点了点头，也闭上了眼睛。

救护车到了，救护员把妈妈抬上了担架，在她脸上放了个氧气面罩。他们问我是否要陪她一起待在车后面，但是我看起来好像根本无法开口答话。

“杰利和我在医院跟你碰头。”艾莎插话。

“离我们远点！”我吼道。

“迈克尔。”她又开口了。

“我让你们离远点。你们还觉得自己干得不够吗？”

救护员又问了一遍我是否要同行，我便上了车，关上了门，把他们的脸隔绝在自己的视线之外。

妈妈很快就从我身边被带走了，有个护士负责向我询问关于她的问题。你有她的健康卡片编号吗？她一直都在生病吗？她有没有在吃什么药？有没有精神病史、或者痴呆？我觉得我一直在摇头，但是我其实并不知道自己在干什么。头顶上方嗡嗡作响的灯管投射下惨白的化学光线，没有一丝阴影。护士的语速放慢了一些。可能会休克，可能会骨折，但至少到目前为止我妈妈看上去还比较稳定。他们可能会让她留院观察。我很快就能看到她了，但这可能会是一个漫长的夜晚。我得让自己舒服点儿。

等候区里有一张黑色长沙发、一盆橡胶树，旁边的桌子上放着一盒舒洁面巾纸。墙上挂着一台电视，我就在那里看汽车、切菜机和复方维生素的广告片。一个胡须修剪得很整齐的男人想要兜售给你钙和锌、鲨鱼软骨和蔷薇属植物，都是你所热衷的秘方。

过去了一段时间。至于到底过去了多久，我不知道。一个穿着制服的大个子男人出现在我旁边时，我正在看一个动作电影的片尾字幕。有点尴尬的是我花了很长时间才认出来他是个护士。他笑得很和善。“你是约瑟夫太太的儿子吗?”我点了点头，于是他告诉我，她的右腿正在接受治疗，虽然有点复杂，但是并不严重。她的臀部应该没什么问题，感谢上帝，但是她不回答他们的任何问题，所以他们不能确定她现在还有哪里痛。他想知道我能不能帮帮他们，我点了点头，却找不到自己的声音，也找不到能说的话。我拂了一下脸上的泪痕，他点了点头，把他温暖的手放在了我的手臂上。他又问了另一个问题，但是我听不见，也记不住他问了什么。他又点了点头。

“没关系的。”他解释道，“我知道一下子要处理的事情太多了。让我们从头开始，一点点来。”

到加勒比海去

在我们还很小的时候，有一次妈妈带我们回到她出生的地方。一辆出租车载我们去了机场，我们使尽吃奶的力气，在鹅毛大雪里帮妈妈搬那两个行李箱和那些大箱子，箱子里装的有一个烤箱、卡带收放机和两罐槭糖浆。我记得出租车载着我们在冬日的道路上穿城而过，来到灯火通明的机场，到处都是手表、汽车、衣服和高档餐厅的广告。我还记得同其他带着行李和箱子的人一起排着长长的队，妈妈忽然间找不到机票时万分慌乱，还有我们回头去看那些排在我们身后的人时心里的兴奋与紧张。有些人是旅客，但是其他人都是要“回到”那个不知该叫什么的地方，有些人管那里叫做“故乡”，但是我们的妈妈从来不这么叫。

对于飞机本身我倒是没有太多印象了，能记住的就是一些零零碎碎的画面。我记得我站在座位上，伸起手来在顶上吹来的小风里穿梭，还不停地开关头顶上的灯，妈妈骂我两次就骂不动了。我记得我抱怨耳朵不舒服，其他乘客给了我薄荷味的成人口香糖，味道实在太冲了。我记得我们等着下飞机，然后就进入了另一个机场。周围全都是同我们在旅途开始时那个机场看过的一模一样的广告，手表、汽车还有衣服。第二个机场很冷，冷得多，感觉比我们离开的那个隆冬之地还要冷。我担心我们可能是被人给骗了。也许我们根本就没有到一个别的地方，要么就是全世界的地方都有一副同样的面孔。

然而我们一走出机场，突然就热起来。太阳才刚刚落下，我们上了一辆很宽敞的车，即便车开起来，车厢里也弥漫着废气的味道。司机可能是我们的亲戚，但是我不记得有没有介绍或者交谈了。机场周围，一大片锐利的光亮用力将渐渐沉落的夜晚推回去。路边能看见很多广告牌，展示着漂亮的度假地，都有湛蓝无比的海水与白沙滩。我们的车继续往前开，似乎开了好几个小时，路边渐渐地就什么也看不见了。我只能看见路灯圆圆的灯泡和一栋建筑物有斜纹的金属屋顶，然后就几乎没有路灯了，也没有其他东西，只有巨大的月轮和明朗的星空。空气里有花朵的香味，馥郁地堆积在我的鼻子和喉咙里，同时也有泥土、粪便和腐烂物的味道。

妈妈的家在一个名叫圣马德琳的村庄里，在整个岛的中部，路程很长，蜿蜒曲折。最终我们开上了一条坑洼不平的土路，停在一栋大平房前。有什么生物的脚步声匆匆忙忙跑进阴影之中，一条爬行动物的尾巴，你看见了吗？我问道。可是妈妈已经下了车，在和一个女人拥抱，车刚停稳这个女人就出来了。弗朗西斯握住我的手，我在那个不管是“过去”还是“故乡”的地方收获的第一个问候来自一条斑点狗，它扯着磨损的绳子冲我们狂吠，亮出利齿来。

屋子里的其他人都在睡觉，我们被告知明天早上将会有正式的介绍。妈妈要和迎接她的女人在别的房间共享一张床，那是她的姐姐，我和弗朗西斯则要在起居室的地板上打地铺。我们用门口的一个水管刷牙，水管里只有冷水，然后在睡觉前最后一次撒尿，我一脚踩上了什么硬邦邦的东西，而那东西居然在动，是只昆虫，对我来说这昆虫的个头之大史无前例，它怒气冲冲地发出咔嗒咔嗒的叫声后便振翅飞走了。

弗朗西斯和我躺在地铺上，可是关上灯后我们却睡不着。黑暗中野生动物在嚎叫，空中全都是昆虫的鸣唱，比我们在家里听过的那些车流声还要震耳欲聋。透过起居室的窗户能够看到完整的月亮，像一轮惨白的太阳照耀夜空，夜空中还有万千星辰，那是一片我们从未想象过的苍穹。我想起妈妈跟我们讲过的鬼怪和神灵传说，在她出生的地方，那些蠢头蠢脑的小孩子但凡独自行路，就总觉得自己会碰上那些怪力乱神。比如吸血鬼和精怪。比如丁内斯，那是在洗礼之前就死去的小孩子，在正式的典礼之前，他们会在野外和森林密布的地方游荡，引诱活着的孩子走向死亡。妈妈讲这些故事从来都不是为了吓唬我们，也确实没有吓到过。毕竟给这些怪东西起的名字都太奇葩了，毫无真实感，很难让人觉得害怕。

然而，睡在妈妈出生地的第一个夜晚，我记得自己特别害怕，总想着那些我不知究竟的古怪东西。黑暗之中那些古老且未被埋葬的东西，那些东西就是那么近在咫尺，触手可及。我记得自己一直是醒着和弗朗西斯躺在一起的，那是我第一次听到公鸡打鸣，我哥的手重重地压在我的手上。太阳还没有升起，我记得我看向弗朗西斯，他一动不动地躺在我旁边，眼睛瞪得大大的。我仔细观察他的耳朵、下巴还有人中，这些地方全都细微地抖动着，我想从中找出有关我们此刻处境的线索来。他发现我在看他，于是咽了咽口水，点了点头。

"别害怕。"他说。

等到了早上，一切都截然不同了。我们有一大堆认不清的叔叔、阿姨、表兄妹。我们被正式介绍给诺拉——妈妈的姐姐，她比妈妈看上去胖得多，也老得多。我们见到了一个年纪非常大，瘦得皮包骨的人，他的眼白都是棕色的，这个人就是我们的外祖父，他从不下床。我们也见了另一位“姨妈”，她的名字叫比拉，和我们有着某种不确定的亲戚关系，她目光锐利，嘴巴上有一处很丑陋的伤口，但是你又很想去摸摸看。我们见了很多很多“表兄妹”，都是同我还有弗朗西斯有着各种复杂关系的男孩女孩，他们就看着我们站起来又坐下去，并且对我们关于“美国”问题的回答没有一个满意的。

我们来的这个地方和我们到底有怎样的渊源呢？在未来的日子里，弗朗西斯和我将会听到奴隶和契约这样的词。我们会知道加勒比海是以那些因为谋杀和疾病而从悬崖边被推下去淹死的人而命名的。然而作为小孩子，我们又能在这片亲眼所见的大陆上读到多少这样的历史呢？我们周遭全都是荒芜的农田和废弃的甘蔗地，上面零星散落着小窝棚。我们听那些可怜的黑人亲戚说起印度小工，又听我们的印度亲戚说起黑人，而两边又都同时很夸张地嘲笑一个“加勒比女人”，那也是我们的远亲，她在市场上卖绿植做的调味品，并且明显处于半疯半傻的状态。所有这些，都同我们来时的时髦机场、高档饭店和酒店的广告，还有其他奢侈的汽车、我们在首都看见的办公楼搅和在一起。广告里的白沙滩是为那些特定的游客准备的，我们去的海滩则很局促，布满岩石，沙滩上有黑色的胶状物，散发着柏油的味道。在部分水域里有黄色的泡沫，他们告诉我们要避开那些东西，比拉姨妈对我们说，很多年前有一艘海外来的船在岛上留下了石油精炼厂，是背靠一块岩石建起来的，往海里排出来很多东西。

即便如此，这里依然很美。海潮汹涌，波光粼粼，五彩斑斓。山丘都覆盖着厚重的深绿色，有蜥蜴和最聪明的鸟儿共同制造出欢乐的交响乐来。而我们的亲戚，爸爸妈妈两边的亲戚全都很漂亮。他们是那种可以用最随便的方式朝别人掷去鄙夷但又会瞬间笑出来的人。那里有一种猪肉，在我们看来简直像垃圾，那劈开的猪头让我们忍不住瑟瑟发抖，猪脚上还有小块的软骨，是粉色与白色相间的。可是我们尝了一口之后就想要更多。那里还有邻居在岩盐浴池贩卖手摇冰淇淋。

一天晚上，我们被带去了一座古老的白色教堂。我们作为"兄弟"受到了欢迎，并且被引领着参与了活动。教堂里有许多蜡烛，人们都穿着不同颜色的衣服。牧师捧着一本书，但并没有真的照本宣科。而且，当信众们用某种不可知的语言纷纷呼号时，他意味深长地敲打着这本书。他讲的内容有关救赎与迫害，有关迦南、应许之地以及上帝给了每个人一个秘密的名字，是只有他才知道的深藏之名，有一天他会用这个名字来呼唤你，而你则会毫不犹豫地回答他。

这一切都令我倍感惊奇，这是我在成人之前见所未见的奇观，当我看向弗朗西斯寻求一个解释时，发现他目不转睛，面带泪水听着那陌生的语言、音乐以及喧嚣。

我很清楚地记得开车回机场的情形。我记得比拉姨妈并没有提出陪我们去机场，和我们一起坐在车里的是妈妈的另一个妹妹。她表达着她的姐姐和孩子们要走了，她有多么沮丧。我们什么时候回来呢？我妈妈什么时候才能再来看看她的外甥和外甥女们呢？她很想念我妈妈的陪伴和那些姐妹间的玩笑。她想念她们一起去城里参加舞会的时光。

“你还喜欢跳舞吗，露丝？你还会出去跳舞吗？”

“有时候会。”妈妈回答她，同时看着窗外一闪而过的田野。

在随之而来的沉默里，姨妈找到了一种语气来进行忏悔。自从妈妈离开后，一切都不容易。有时候，姨妈解释说，她甚至一度很嫉妒自己的姐姐，嫉妒她通过远走高飞独自找到了完美的人生。

妈妈仍旧一语不发。她并没有提我们的爸爸早在几年前就已经离开了我们。她也没有承认因为缺时间更缺钱，她没能完成学业成为一名护士。她丝毫没有暗示时常需要面对的债务、抗争与疼痛。在我们进机场时，她只是点了点头，看向窗外的椰子树，高大的树影遮蔽了夜晚的天空，那些疏于料理的古老甘蔗地像大海一样蔓延。

并不是只有“她独自一人”。在我们周围，整个乐园区都是那些经历远超他们想象的妈妈，她们白天上课，夜晚工作，她们梦想着将孩子养育成人，可以比她们过得好一些，孩子们可能会回报她们的牺牲，弥补她们过去的痛苦。你得知道，确实是有成功者的。那些恐惧被炖锅里的香味放逐，那些贬低被刚刚洗过的桌布反击。历史被一年年提供的衣服与学校教育击退。“榜样”树立了起来。

我们的妈妈，就像其他妈妈一样，所拥有的不仅仅是耐力与牺牲，在她的身上还背负了更多东西，我们只是很偶尔地才能在她身上瞥见转瞬即逝的快乐和一点点真实的心声。那是她去美容沙龙的时候，将头发向后浸入水池，愉快地闭上眼睛，另一个女人的手在她的头发里揉搓；是我们的邻居桑尼·巴林顿搂住她，对着她的耳朵窃窃私语，让她发笑的时候，那是真正的傻笑；是我们看见她抱着一本从图书馆借来的奇厚无比的书在沙发上窝了一整天的时候。那一整天里都没有任何让她抓狂的工作，她只有阅读。每一寸时光都消磨在静静的独处之中。她就那么专心致志地伸手抚弄自己的耳垂，书里有什么东西触动她时，她就温柔地掐一掐耳垂。

还有红河谷。其实是妈妈带弗朗西斯和我去的那个地方。那时我们还很小，她带着我们沿兔子小径走下去，我们就坐在小河边的草地上野餐，无视萦绕不去的虫子，推开我们取名为鲁德伯威的流浪狗，他总是来嗅我们，想让我们陪他玩，找我们要吃的。我们一年四季都会在那下面度过。秋天的时候，谷底就像盛满了黄色、橘色和红色的一只碗。到了冬天，树木凋敝，冰层封锁溪流，在这冰冻起来的日子里，我们呼出来的空气就像提纯的钙一样白白的。到了夏日，水位下降，小径两旁的醋栗在最轻柔的触碰下裂开，昆虫们围着花粉和花蜜打转，热烈而疲惫。至于奇迹般的春天，我仍旧能记得，水流湍急冲刷，随着冬季的消解水位上涨。那时节，空气里到处都是某种植物上的小毛球。是白色的孢子，不计其数，它们每一个都是一段记忆，都是一个落地生根、鲜妍怒放的梦想。

对于我们的妈妈来说，在红河谷里总有要向我们指出的隐秘生活。她解释说君主已经穿越了整片大陆来到这里。在她和她的同事们都被开除的那天她注意到那只猛禽，是一只红色肩膀的鹰，格外凶猛，也分外骄傲。甚至有一次，在我们回家的路上，一只浣熊离开一个垃圾箱，踮着脚尖，无所畏惧地翘着威严的臀部，如女王散步一般。她指给我们看拂动的柳树和槭树，伟大的树木之父穿着灯芯绒般的树皮，流下汗水般的汁液，对于昆虫来说恰好是一片胶水的海洋。有一次，她把一小节松树枝放在弗朗西斯的鼻子上，当哥哥说出这种独特的香味是什么时，她笨拙地笑了。

“是清洁先生的味道！”他说。

在这些短途旅行之中，有什么所谓的希望或者哲学吗？妈妈对这片陆地抱有怎样的梦想呢？有一回，弗朗西斯做了噩梦，恐惧压倒了一切，根本无法像平常一样说清究竟是哪种恐惧，妈妈又用自己的方式带我们去了一次红河谷。她同我们并肩躺在床上，闭上眼睛同我们说话，用她的声音将噩梦转换成朦胧的画面，画面里疲惫的小小飞蛾成群结队徘徊在小河边的一簇丑陋植物上。要是你看的角度不对，或许在看到它们的时候都不觉得那是飞蛾。你可能会觉得那只是小小的纸屑，在风里打转。仿佛是有什么人拿起了一本旧书，把它撕了粉碎，随手扔在风中。字母们相互迷失，找不到彼此。那是散乱而无用的字母表。没有任何意义……

“妈妈？”弗朗西斯若有所思地盯着她，呼唤她。

“但是靠近一点看，”她说道，仍旧闭着眼，“把手窝起来，去感觉它们正在撞向你。它们不是垃圾。它们是活生生的。它们在飞。”

很久之前，在我们还是小小孩童的时候，我们三个从不作为一家人在一起讨论发生了什么大事。一天下午，有一伙年轻人闯进了附近一家我们并不知道的便利店，并且实施了抢劫，他们枪击了一名店员并且把他留在店里，任凭他孤独惨死。但是店里有安全录像，谋杀犯那满是颗粒的形象通过电视全城播送。

妈妈当时正在上一个十二小时的晚班，所以只有我和弗朗西斯两个人坐在家里，看着电视上枪击犯的样子。他们猛然闯入，屏幕下方滚动着帧计数。他们耸着肩膀躲进宽大的夹克衫，双手紧紧插在兜里，其中一个人在进来的时候往下拉了拉帽檐。没有什么其他有价值的细节了，只有大片大片的阴影。杀人犯被锁定在三张难以辨认的黑人面孔上，全城通缉。一大早，一份报纸送进了我们的信箱，妈妈一直坚持订阅报纸，即便是手头拮据的时候。报纸第一页上就是和电视里相同的图片，而在内页，则是一个全新的故事以及别的一篇东西，我后来才明白那叫社论。当时弗朗西斯七岁，才刚刚学习认字，也才刚开始学会每天都要用到的那些语言，于是他研究起了围绕那些黑色面孔的文字。我就坐在他边上，我嗅到也感觉到他体内不断攀升的恐惧，但那是他绝不会表现出来的。

那是妈妈回家前的早上，弗朗西斯和我还没有去睡觉。为了我们俩的安全，弗朗西斯拿了把椅子抵住门，就像他在电视上看过的那样。妈妈开门时，花了点时间才把门推开，但依然很轻松就打开了。

“我的儿子们。”她温柔地说。

她朝沙发上的我们走过来。她坐在我哥哥旁边的扶手上，说很抱歉她离开了这么久，但是弗朗西斯把他的脸转向了电视上的晨间秀，仿佛电视上的烘焙演示才是全世界最重要的事情。我还记得妈妈带回来一张整整齐齐卷成棍棒的报纸，和弗朗西斯看过的是同一张，很显然她是在回家路上看的。我记得她试着去触碰弗朗西斯，可是我哥躲开了。她看上去太累了，浑身都是汗水和洗涤剂的味道。

“我带你们去个地方吧。”她说。

我们搭了辆巴士，而后换了市郊火车，随后来到一个商场，又大又明亮，还有光滑的大理石地砖。包围我们的全都是很昂贵的店铺，售卖衣服和化妆品，张贴着真人大小的美人照片，有些模特的面孔微微发棕色。我们从一家商店逛到另一家，店员似乎对我们格外温柔。妈妈并没有换掉自己的工作服，她的运动鞋在大理石地面上摩擦出滑稽的吱吱声。另一个店员面无表情地走上前来问道：“需要帮忙吗？”“不用，谢谢，只是随便看看。”妈妈爽朗地回答。我们经过一座用抛光的钢管做的雕塑，我在上面看到了我们的样子，并且意识到我和弗朗西斯看上去也都不够体面。

“不用，谢谢，只是随便看看。”妈妈解释了一遍又一遍。

商场里有个电影院，妈妈带我们去看了个动作片。就是很常见的那种电影，很多火拼和潇洒的英雄行为，热带地区发生了爆炸，好人们开着吉普车风驰电掣。结局皆大欢喜，但不知怎么从我们身体里抽走了最后一丝空气，让我们都变成了筋疲力尽的真空人。之后我们很幸运地在一个壁挂电视下面找到了一张空桌子，在人来人往的嘈杂中我们成功占领了它。妈妈给我们买来了热狗和可乐，还给自己买了一杯咖啡。

没有人说话。我们全都一晚上没睡觉，我们所经历的一切都显得太沉重了。哥哥仍旧不说话，也不看妈妈的眼睛。空气里飘浮着诡异而温柔的声音，我有点迷惑，甚至有点恐慌，后来才意识到那是挂在我们头上的电视在播放新闻。妈妈握着盛咖啡的塑料杯，却一口都没喝。她两只手抱住杯子轻轻摇晃，仿佛是要从渐渐冷却的温度里吸收自身需要的全部能量。杯子表面凝结了一层薄薄的白色水汽。

扬声器里的广播宣布商场即将关闭，美食广场即将清场，可她就像根本没有听见。有三个白人男孩一直在看我们。

“你们现在得走了。”其中一人说，“他们要关商场了。”

“我们正准备要走。”妈妈说。

“嘿。”另一个男孩说，“他只不过是在提醒你。你们不应该再来这儿了。你们最好听一次就记住。”

“离我们远点。”弗朗西斯说。

“弗朗西斯！”妈妈呵斥他。

那些男孩笑了，“弗朗西斯。”他们重复了一遍，露出幸灾乐祸的笑容。

弗朗西斯站了起来，径直朝他们走去，但是他们不费吹灰之力就把他给推开了，让他重重地跌坐在地。可是他站起来后又朝他们走去，结果妈妈自己挡在了中间。那些男孩把手伸到了她身上，抓住她的衣服，又拉又拽的，让她失去方向和平衡，弗朗西斯和我开始尖叫。其中一个男孩似乎打算用手臂将妈妈锁住，但是她逃脱了，并且重重打了他一记耳光。他捂住自己的脸，最终还是往后退去，“黑婊子。”他咒骂道。

商场保安都离开后，妈妈迅速整理了自己的制服和头发。她擦掉弗朗西斯衣服上那道脏污的痕迹，并且捧起了我们两个人的脸。

“就是几个小流氓，没什么。”她说道，并且试图微笑。

回家后，妈妈给每个人都做了黄油三明治，但是我们都不饿，而且，这还是有史以来第一次，我们谁都不想看电视。我们换上了睡衣，弗朗西斯的怒气终于消了。

他让妈妈和我们睡在一起，她便允许我们两个人都睡到下铺，睡在她旁边，分享她的体温，虽然她的身上仍旧残留着前夜工作时的气味。那是一种微弱而模糊的气味，却挥之不去，并不仅仅是汗水、口干舌燥、没吃早饭的味道，也不仅仅是残留在她皮肤上和头发上那些化学品的味道，还有别的，那是某种陈旧却永远存在的味道。她轻轻抚摸我们的头，并且开始给我们讲很久以前她自己的故事，发生在一片截然不同的大陆上，这一次是关于孩子的传说，他们被邪恶的小生灵引诱到森林里，但她总是讲着讲着就中断了，并且总是搞乱自己想要讲的故事线。“对不起，我实在太累了，记不住了，我说不下去了。”她站了起来，让弗朗西斯回到上铺，而后她关上了灯。我和弗朗西斯一起躺在黑暗之中。那是枪击案发生后，第一次黑暗降临。

我试图闭上双眼，却不断做梦，弗朗西斯可能也是如此，梦到那些被通缉的男人，他们形状不明的黑色面孔。窗外的树都被冻伤了，风呼呼地吹，摇得窗户嘎嘎直响，把雨夹雪一股脑吹到了玻璃上。

外面有人大叫。大街上传来射击声，仿佛来自某种充满力量的机器。

弗朗西斯从上铺爬下来，也帮我从下铺起身，带着我穿过走廊，来到妈妈的卧室门口。妈妈并没有在睡觉，她甚至都没有换掉自己的工作服，就于黑暗之中枯坐在床上。她转过脸来面向我们。

“他很害怕。”弗朗西斯说着戳了戳我。

“到这儿来。他在怕什么?”

“我不知道。或许是那些黑人杀人犯。”

“是……谁?”

“那些杀人犯。新闻里的那些。那些黑人……”

她闭上眼睛，按了按太阳穴。而后她平复过来，“是罪犯，弗朗西斯。警察会抓住这些罪犯，并且惩罚他们。他们没有任何机会。拜托你努力去理解一下。我们在这里，很幸运。我们很安全。”

“他并不相信我们很安全。”

“我们很安全，弗朗西斯。”

“我们不安全。我们从来都不安全。”

“是你胡思乱想，你太累了。你得睡觉了，为了我，冷静一下。”

“不，我不是。”

“那么就是你没有如实告诉他。”

“我说了。”

“我不相信你。”

“我需要你相信我。”

她抓住他的胳膊，摇晃他。他的脸上浮现出痛苦的神情，但在与她目光相接的时候变成了恐惧。妈妈摸了摸自己的脸庞，这才发现自己哭了。

“发生什么事了？”拉问道，“有谁能告诉我一下吗？这是谁干的？”

我追着弗朗西斯跑了出来，在商业街门口赶上了他，来上晚班的店主在夜幕中同我们擦身而过，此刻都盯着这个浑身是血的男孩看。我帮着他进了戴西里理发店，男孩们瞬间都围了上来，把他扶着坐到一张理发椅上。有那么一会儿，他们也那么站着看他。忽然间，德鲁就用纱布和医用胶带尽己所能帮他处理起伤口来。弗朗西斯似乎不愿配合。他看起来就像喝醉酒似的，扭来扭去，自言自语。

“坐着别动，小崽子。”德鲁说，“得花点时间。”

“我不明白。”拉说着转向了杰利，“你说是在面试的地方发生的？你们惹事了吗？”

杰利没有回答。德鲁打算处理弗朗西斯脸上那几处新鲜的伤口，殷红的血之花透过绷带渗透出来。当他试着用涂了酒精的布去清理另一处伤口时，弗朗西斯咒骂了一声，猛地弹开了。

“放轻松，小崽子。”德鲁安抚道，“你得冷静下来。”

“他得去医院。”杰利说，“他的眼睛……他的瞳孔不对劲。”

弗朗西斯摇摇晃晃地从椅子里起身，朝拉走去，德鲁却挡在了他前面，温和地告诉他得坐下来。杰利也说着同样的话，并且碰了碰他的手臂。弗朗西斯站不稳，却瞪着拉。

“你怎么回事？”拉小心翼翼地问。

“我怎么回事？”弗朗西斯说，“看看你自己。看看你们自己。”

拉眨了眨眼睛，看向杰利和德鲁，也看向所有站在旁边的人。川斯、盖乌、拉、德鲁和吉恩。我是到那时才发现吗？我们是失败者，是这一带见不得光的人。我们是需要救赎的孩子，我们没有未来。我们当中，没有一个人成了我们的父母希望我们成为的样子。我们也不是其他成年人希望我们长成的样子。我们谁都不是，或者换句话说，我们本身就是一座城。

“我们全都是在做梦。”弗朗西斯说，“永远也做不到的。”

“兄弟。”杰利说着把他按在了座位上。

“根本就没有人在听。前面根本就没有路。”

杰利并没有用语言回答我的哥哥。他也没有争辩。他只是碰了碰他，轻轻抚摸他的后背和脖子。他捧起我哥哥的脸，把他的额头抵在自己的额头上。

警察出现的时候他们还在相互安抚，其中一个穿制服的警察嘴唇外翻。这一次有好多警察，比上一次还多，他们全都迅速就位，在背心里汗流不止。有个警察宣称他们接到了某个店主的报警电话，所以出警，店主说好像有打架事件，有个男孩伤得很严重，德鲁便解释说什么事情都没有。警察指向弗朗西斯。

“他怎么了？”

“没什么。”德鲁说，“他就是受伤了。我们正在处理。”

“好吧。”警察说道，“我要看每个人的证件。所有人往后站，靠着墙。你们知道流程。”

“起来吧，弗朗。”杰利说道。

他试图让弗朗西斯从椅子上站起来，我也过去帮忙，我哥的四肢此刻简直僵住了一般。很显然他非常疼，而且他一站起来就骂了一句，把胳膊从我们手里抽走了。他踢了一脚德鲁放理发工具和剪刀的金属小台子。结果金属台丁零当啷地翻倒在地。

“你们三个。”警察命令道，“分开站。”

“他受伤了。”杰利解释说，“我们得帮他站着。”

“我们可以处理。你按我们说的做。”

“我们干吗了？”弗朗西斯吼道，几乎撕心裂肺。他甩开我们的手，挣扎着站立，他颤抖着往前跨了一步好让自己站稳。即便在我看来，他都显得有些可笑。忽然袭来的疼痛让他浑身冒汗。他咳嗽起来，嘴巴里吐出什么东西来，糟糕的是，有什么浓稠的纤维状的东西粘在他的嘴唇上。我看见一个警察解开了枪套。

“你坐回去，先生。”警察说道。

“马上照做。”德鲁说道。

“马上照做。”吉恩也说，并且压低了声音。

“不。”弗朗西斯说，“你们来告诉我。我们到底干了什么？”他甩着僵硬的四肢跌跌撞撞地往前走。

“站在原地。”我听见一个警察说，“不要再往前走。”另一个枪套的扣环也解开了。当一把枪亮出来的时候，我一阵眩晕，整个世界都围着这把武器飞快旋转起来。我动弹不得。杰利仍旧没有听话，他没有离开弗朗西斯身边，可是弗朗西斯却和他一起往前走着，往前靠近那个发号施令的警察。我的哥哥在发抖，但是他的身体里有着无法平息的能量。他的眼眶潮湿了，他微微一笑的时候嘴唇上的痂裂开了，殷红的鲜血迅速漫延上了牙齿。

“你们觉得我疯了。”他说，“你们觉得我是危险人物。”

“我觉得我想让你坐下来，先生。”警察说。

“别叫我先生。别再继续装了。你回答我的问题。你给我一个解释。”

“我们不会再命令你第二遍。”一名警察说道。

“按照他说的做。”另一名警察说。

“弗朗。”杰利开口了，“求你了。”

我哥哥再一次跌跌撞撞地往前走去。他的双眼泪流不止，笑容却渐渐攀上了脸庞。“是今天发生的。”他说，“你们来告诉我，我到底干了什么。”

“别动。”

“现在就告诉我。不是以后。”

“不，许，动。”

“弗朗西斯。”我小声呼唤。

我觉得我说了。我觉得我说了他的名字。我看到一个警察抓住了杰利的胳膊。“别碰他。”弗朗西斯说，而后一切就结束了。我甚至不记得听到了枪声。我哥哥就那么倒在了地上。

别离开我

这是急诊病区的清晨，一名护士刚刚向我更新了妈妈的情况。从身体上来说，除了股骨头轻微骨裂之外没有更严重的问题了。车撞上她的时候似乎已经减速，她现在相当健康。他们给了她强效止痛药，所以现在她还不能与人充分沟通。要不了多久，在她出院之前，医生会过来提供最终的诊断信息。只是护士没有办法确定究竟要到什么时候。今天晚上真是忙得出乎意料，她解释说，还有其他的紧急病例。

我知道其中一个病人。几个小时前，有个男孩躺在担架上被急急忙忙抬到我们对面的那个小隔间。他已经失去意识，头和脖子都被放上了某种固定器。有两个人是陪同他一起来的。有个男孩可能是他的兄弟，身上穿着最近每个十二岁左右的小孩都会穿的那种短夹克。还有一位女士，很显然是他的妈妈，穿着很职业的短裙和白衬衫。医护人员很快将担架上的小男孩同各项指标监视器联通，给他的脸上覆上了氧气面罩，并且开始了第二次静脉注射，护士和医生们都在问问题。再说一下他的名字，女士？用药史？知道他对什么过敏吗？这位妈妈说话时的腔调是那种很有权威的人会使用的语气，但同时隐约有点加勒比口音，但是她的声音摇摆不定，她的回答都很犹豫，她的眼睛只牢牢盯住自己的儿子。一名拿着笔记板的护士问这位妈妈地址，以及她身上是否碰巧带有儿子的任何证件，最好是健康卡片，这位妈妈的声调陡然升高，清清楚楚地发话了。

“他是公民。”

护士打开了注射液开关，检查他的重要部位。一位医生带着X光片的结果过来了，他试图打消这位母亲的疑虑。她的儿子是脑震荡，但是没有更多头部创伤。他有一块锁骨断了，但是整个脊柱和脖子看上去没什么问题，他会康复的。

“我得问一下。”医生问道，“你的儿子们究竟为什么大半夜的跑到屋顶上去？”

“为了看见。”那个弟弟平静地答道。此时此刻，在淡蓝色的帘子背后，我听见这位妈妈小心翼翼地在讲电话，“是的，他没事。是的，他很幸运。”这是事实，至少对这个家庭来说，很幸运。虽然总有一天会有责骂和惩罚，但是不会有葬礼。没有“复杂性哀伤”，这场日常事故里没有更深远的影响。只是两个小男孩想要看得更多更远而已。

在弗朗西斯葬礼的那天早上，妈妈和我都花了很长时间穿衣准备。我扣错了上衣的扣子，并且盯着这个错误看了有足足一分钟还没弄明白是怎么回事。妈妈熨烫自己的黑裙子时慢得过分，我都闻到了布料烧灼的味道。她在浴室的镜子前整理头发，至少换了三次发型，而且她肯定喷了不止一次香特莉香水，并且忘记自己之前已经喷过了，因为去殡仪馆的路上，出租车里弥漫着浓浓的香水味。妈妈转向我，小声问我是否记得把灯给关掉了。我说关了，同时在她拿一张湿巾擦拭太阳穴时审视她的面容。

“你穿上干净袜子了吗？”她问。

亨利太太也在，她头戴一顶深紫色的帽子，毫无疑问是为这种场合定制的。德鲁也在，当然还有普罗费沙、吉恩、拉、盖乌，甚至还有小川斯。一天前，他们组团来到我家门前，在我开门的时候有一种格外尴尬的沉默，随后德鲁清了清喉咙，“我们想表达一下吊唁之情。”他说。我甚至没有办法说出谢谢。我只是点了点头，而后关上了门，此刻他们就坐在自己的位子上，也冲我点了点头，他们穿的西装都是借来的，不是太紧就是太大。他们看上去那么严肃，那么静穆，完全不像我认识的那些男孩。杰利不在他们当中。在弗朗西斯被击中时，他无法停止尖叫和挣扎，他曾被指控为拒捕，而且到现在为止都没有保释金。

艾莎也在，和她的爸爸一起。一天前她也尝试来找我。我开了门，看见是她便垂下了双目。她上前来拥抱了我，可我向后缩得太明显了，同时吓到了我们两个人。我告诉她这不是个好时候，随后我关上了门，她又敲了第二次门，第三次，可我都没有再将门打开。此时此刻，我感觉她的目光落在我身上，而我只有看向别处才能觉得舒服一些。在靠近后排的一个座位上，我注意到一个人，他穿着合身的棕色西装，坐得离别人都很远。乐园区里有一些人有着去参加葬礼的奇怪癖好，他恐怕就是那些人之一。但是这个男人身上还是有些地方颇为引人注意，他看上去有些熟悉，但是我说不上来究竟哪里熟悉。我并不想盯着他看，却研究起了他的耳垂，并且突然间像要证明什么似的想去摸一下。他注意到了我的目光，冲我点了点头。

这是一个简单的五旬节教会的仪式，由亨利太太一手安排，牧师的措辞深思熟虑，在提及妈妈和我时充满了善意。唱完圣歌后（我压根就没听进去），葬礼就结束了。

我记得自己帮着妈妈站起来，在一些文件上签字。我记得她写下的那些手写笔迹，有一种过分的小心，她在写名字和日期时，第一笔那优雅的圆圈，连字母的倾斜都如此完美，一个交叉的“t”，一个带点的“i”，我看着这一笔一划，沉迷不已。

等我再抬头的时候，那个穿棕色西装的男人已经离开了。

在弗朗西斯和我还很小的时候，哪怕是像食物的油点溅到了衣服上这种小事，或者是牙膏残留在了嘴巴上，都会让妈妈暴怒。“你们又不听话！”她会对我们大呼小叫，“你们根本就不在意我跟你们讲过的话。你们两个就是顽石！是顽石！！！”要是我们弄伤了自己，她就会信誓旦旦地说我们的后背肯定要长鸡眼。她发誓要用生命的强韧来激励我们，即便是我们傻了吧唧地割伤自己，可耻地血流不止，她也绝不施与同情。弗朗西斯去世后，她的身上出现了可怕的沉默与镇静，我却希望她还能找到当初那种激烈的威胁，即便是针对我的。我明白那种激烈不可能让弗朗西斯复活，却可能唤醒她自己。

可是这种激烈没有出现。从葬礼回家的出租车上，妈妈和之前一样一动不动地坐着。我们回到了沃尔多夫的家门口，她从邮箱里取出了一个账单，然后像往常一样谨慎地放在厨房桌子上，提醒自己不要忘了支付。天气已然转凉，可是家里仍旧很热。她回到卧室躺下，我至少去看了她两次，在她的额头上敷了湿毛巾。我每次看她的时候她的眼睛都是睁开的，可她自始至终没有说一句话。

一直到晚上她都没有下床，在我的强烈要求下她才吞下几块薄脆饼干，而后她就开始整理房间。她拿出了扫帚，拖了厨房，还清理了冰箱与墙壁之间很难清理到的缝隙。她清理出了蜘蛛网、头发、祝福卡、橘子皮残渣、空荡荡的昆虫壳。她不想让餐盘留在洗涤槽里，然后她又把一个已经洗干净的烤盘从炉子下面的抽屉里拿出来反复检查，并用钢丝绒对其发起了攻击，擦拭了很长时间。

“我很快就回来。”我说罢，将她干活时那刺耳的声音抛在身后。

此时已经接近黄昏时分，我走着走着街灯就亮起来了。我去了和艾莎一起打发时光的游乐场，如今全然布满夜间的灯光与暗影。我一直绕着乐园区最外围走，至少走了有五圈，并且穿过了劳伦斯街大桥。我迷失了方向，因为饿了一整天，此刻头晕目眩，当我向下去看那深不见底的巨大冰川谷时，感觉自己随时都可能会掉下去。一辆运输拖车从一旁疾驰而过，它驶过的余波摇晃着我，我自己就像是单薄的、没有生命的东西。我抓住桥边寻求平衡，这让我回到了现实。

有一只鸟咯咯叫着飞过大桥，可能是鸽子，想在桥下找一处地方落脚。它试图站稳，但是脚下打了滑，于是它又挥动了几次翅膀与混凝土做抗争，之后才终于放弃。它拍打翅膀飞到桥面上来，从高层建筑物中间穿行而过，朝我家的方向飞了过去。

自从弗朗西斯去世后，我还从没有离开妈妈那么久，我迈开脚步匆匆忙忙往家跑去，满心焦虑，都没能注意到有一小群邻居围在我家那个单元门口。我停在他们当中，等待一个解释，但是没有人做说明。空气里弥漫着隐隐约约的不安。

“亨利太太……？”我开了口。

“你妈妈。”她说。

而后我就听见了。从我们的单元里传来了巨大的撞击声。有什么东西在起居室里被挪来挪去，发出嘎吱嘎吱又沉闷的刮擦声。一场大破坏，东西全都散落在地板上，各种细细碎碎的声响是那么尖锐刺耳。

又一次撞击。是什么金属东西砸向地板的声音，哗啦一声。

我缓缓推开门，安全链就那么垂着。天气热到令人窒息，白色光线的冲击来自于敞开的冰箱，一开始我还没能搞清楚状况，但是我也看得出来所有家具都被挪动过了。沙发和椅子被推到了角落里，地毯潦草地卷起来，也竖在了墙角。厨房里的桌子也搬动过了，椅子都被翻了过来。

她就跪在沙发旁，手里拿了一把锤子，正对着什么东西砸，她的脸从我这边扭开了。我喊了她的名字。黑暗之中她瞪大眼睛看着我。那可真是名副其实的大眼睛。厨房里所有的抽屉和橱柜全都敞开着，都被掏空了，没剩下多少的罐头和装在盒子里的东西全都堆在油毡、垃圾、碎玻璃、碎盘子和几双好鞋子之上。

“真是太乱了。”她解释道。

“妈妈。拜托了。”我低声说。

“谁能把自己的屋子搞得这么乱？”

从那一刻起，妈妈变成了我得照料的对象。我每一天的当务之急就是要看好她，确定她吃饭了，也努力睡觉了。每当人们过来拜访或者试图表达悼念之情时，她都是最实用的借口。当戴西里理发店的那些男孩又过来找我说话时，我就可以怒气冲冲地说他们打搅到我们了。于是他们再也没有来过。

甚至连警察就我哥哥的死过来做调查，在当时的我看来都令人心烦意乱，这种对话来得太晚了，已然不重要了。妈妈不得不陪我一起去，因为我还没有满十八岁，我们俩都茫然地坐着，冲着当权者们的问题点头。我能说清楚那天在商店里到底进行了怎样的对话吗？我能记住精确的语句吗？我能帮助确认别人已经描述过的导致警察开枪的举动吗？我点了点头，但其实并没有一直在听他们说。我一直在看我的妈妈，这是葬礼之后她第一次出门。她低下头盯着端给她的那杯茶，茶水已经在她的手心里冷却了。她不看任何人的眼睛，这个房间里的任何讨论任何话语都无法让她有任何反应。

还发生了什么呢？我记得荧光灯嗡嗡作响，空调有点奇怪，最终将我们笼罩在冰冷之中。比起谈话来，我更多记住的是那个房间里的沉默。当然还有他们的问题。你同意弗朗西斯这个人还是挺突出的吗？他是否偶尔会展现出不可预测的情绪？你同意吗，迈克尔，你哥哥有暴力前科？

当然了，还有艾莎。她又来看望我们了，在我关门之前她把脚塞了进来，然后就径自走了进来。她把一包包吃的放在厨房的料理台上，有两包吃的闻起来辣辣的，有胡椒味，裹在外面的纸被油浸得都褪色成了透明的。毫无疑问，是烤肉。我解释说妈妈正在睡觉，解释说我们不能聊天。我又解释说食物的味道让我犯恶心，她点了点头。

“图书馆。”她说。

我们就沉默着朝图书馆走去，一走进那栋建筑，我就感觉到了别人的注意。我看起来肯定特别像个废物，我有好几天没洗过澡了，很多人盯着我看，但是艾莎似乎毫不在意。她带着我去了我们平常坐的位子，然后问我妈妈怎么样了。她也问了我怎么样。我点了点头，她等我继续说，我却没有，所以她又试着问我。她说她尝试去联系戴西里理发店里的那些男孩。她想要搞清楚发生了什么，到底发生了什么。大部分男孩都逃走了，留下的那几个无话可说。杰利被释放了，却消失在了这个城市中。

“这不会是结局。”她说，“我们仍旧需要谈谈。”

我将目光从她脸上挪开。在我们周围，人们都在读书，一个女孩盯着电脑屏幕，她的脸被屏幕上的光映成了蓝色。

弗朗西斯始终都在保护我。这是他的坚持。他看得到危险，他太了解这一切。但是在戴西里理发店里的最后一刻，他试图去保护其他人。当一个警察一手按在装在皮套里的手枪上去抓杰利，并试图把他拉走时，弗朗西斯慌了。“别碰他。”他这样说，并且伸手去够那把枪。这个举动是有缘故的，但是那些掌权者并不能理解。当局一直在调查，询问目击者，宣布他们的结论。

“是合法的。”我对艾莎说。

一个人有很多种方法可以逃离。艾莎是因为读大学离开的。我哥哥的每一个朋友都是以各自的方式离开的。当然了，你是不可能真正逃开的。你永远都无法避免被注意到，哪怕只是一秒钟。有一次，在枪击事件过去几年之后，我从便利店的冷柜里拿果汁的时候注意到一个也同样来拿果汁的年轻人，我们目光相接时他点了点头，我意识到这不仅仅是那种我打扰到你的点头，同样也表示我看见你了。等他走了以后我才反应过来，是盖乌。一两年之后，公交车上有个埋头看报的人抬起眼来看我，我面前的那张脸上浮现出某种尴尬的回忆。吉恩。在戴西里理发店作为附近快乐鸡的第二家分店重新开业几年之后，我正拿着妈妈的药方从药店里出来，一位男士为我打开了门。一开始他表现得好像并没有看见我，也不认识我，但是当我走到门口时，他咽了口吐沫，开口道："嘿，迈克尔。你还好吗？"他穿着一件西装外套，是跑销售的人都要穿的那种。但是他的铭牌上写的并不是“拉”或者“拉金德尔”，他说的是："你好，我是罗迪。"

去年夏天，德鲁来敲了我们的门。他是来看他姐姐的，他姐姐还住在这里，他身边站着一个五岁左右的小男孩，是他的儿子，眼睛周围的脂肪比你见过的任何人都要厚，不过他已经能够摆出某种姿势，很是讨好地快速跟我问好，让我能哈哈大笑。我们在附近的蒂姆·霍顿快餐店共同度过了一个小时，喝了些浓稠的咖啡饮料，塑料杯上凝结着冷冷的水珠。我给他的儿子点了个甜甜圈，在这小家伙把所有的糖霜先弄下来吃掉时，我一直在看他，沉迷其中。我们略微开了开戴西里理发店的玩笑，只是当我问德鲁他是否打算再开一家店时，他摇了摇头。“这家伙已经够我忙了。”他说着指了指小家伙。他小心翼翼地问起我的妈妈，当我说“她已经好多了”时，他尽全力回给我一个微笑。我们喝完了咖啡，德鲁说他得回他姐姐家去了，他得喂饱孩子，还有，你知道的，其他的责任。

“我明白。”我说。

“你照顾好自己，迈克尔，好吗？”

我答应说我会的。我也有我自己的责任。我有我的妈妈，还有我的工作。我还有在图书馆里的自由时光。我一直像其他人一样在生活，这很重要。

在艾莎回来前不久，我正坐在图书馆里，突然有人对我说，

“你还记得吗?”我转过身背对旁边那把空空的椅子，眼睛仍旧盯在书上。那个说话的男人花了很长时间才让自己坐下来，注意到这一点我才转过身去看他。就像其他邻居一样，在弗朗西斯被杀后，他想要表达他的同情，但是我明显想要自己的空间，所以他很尊重我，从未与我过多交谈。但是此刻，我看着他，发现他似乎突然间就老了。他的皮肤皱皱巴巴的，头发也秃得斑斑驳驳。我听人说起过他情况不太好，但是没想竟然会是这种光景。我们两个都假装要看书，但都止不住去看对方的眼睛。最终塞缪尔放下了他手里的书。

他跟我说，很长一段时间以来他都想跟我说说话，他非常遗憾自己没有早一点这样做。他很快就要搬走了，或许不会再有机会同我说话。他只是希望我知道，在弗朗西斯去世前的一段时间，或许是一年或者更久之前，他和弗朗西斯会一起听音乐。是从他下班回家后的某一天开始的，他在嘴巴里哼着一段老旋律从弗朗西斯身边经过，弗朗西斯小声说出了歌曲的名字。“别离开我[1]”，这个乐园区的年轻人竟然能说出这个歌名。在片刻的寂静之后，连塞缪尔自己都很吃惊，他竟然邀请弗朗西斯到家里来听自己的唱片，更令人惊讶的是，两天之后弗朗西斯

1 原文为法语。

就来了。

“我们只是在一起度过了几个下午，听一些旧时的音乐，仅此而已，几乎不怎么交谈。我们肯定放了尼娜·西蒙娜那版《别离开我》十二次都不止。她那甜蜜而忧伤的嗓音啊。无论何时只要我试着唱这首歌，你哥哥他总是会笑出声来。那成了我们两个之间的玩笑。同样也是我们之间的秘密，我是这么认为的。我甚至不清楚艾莎知不知道这件事。我们该怎样向别人解释呢？一个像我这样的男人，一个像弗朗西斯那样的男孩。谁能猜到我们之间有所关联呢？”

可我心里却能够描绘出弗朗西斯同一位父亲坐在一起的画面，即便那并不是他的父亲。他们一起听尼娜·西蒙娜，或许还有奥蒂斯·雷丁和萨姆·库克。我同样也能想象出，在之后的造访中，当情绪与音乐都恰到好处时，弗朗西斯会同这位并不是自己父亲的父亲说些什么。那是他，我的哥哥，他对旧日音乐、对爱的传承的理解，那都是他的所思所感。他爱他的家人，也爱他的朋友们。他爱着一个名叫杰利的男孩。

我的脸上肯定是浮现出了某种窘迫的神情。我允许自己沉浸在这种画面里。与其说是回忆，不如说是幻象。塞缪尔可能在观察我的表情，而且他或许也对自己现在想要表达的东西感到窘迫，所以他选择颤颤巍巍地站起来，离开了。

“他是两周前去世的。”电话里艾莎对我说，那是在她回到这里的前一天，“他一直都住在弥尔顿的一家安养院里，而我却对此一无所知。他从来都没有告诉我。他提都没提过。”

电话里一阵沉默。也不是绝对的沉默：有人在喘息。

“请到我这里来吧。”我说，“回家来，到乐园来。”

已经是早上了，在急诊病房区，离妈妈还有一段距离的地方，医生正私下同我说着官方诊断。初步判定已经有了，除了肋骨挫伤、轻微骨裂外，其他就没什么问题了。血液酒精浓度偏高，医生继续说，在过马路的时候可能会导致方向感迷失。更像是个小小的错误，尽管她的心理状态还是有些问题。她需要一个支撑系统。她有没有一直在服药？你们有家庭医生吗？就最后这个问题我点了头，但是我在撒谎。

他离开后，我闭上了眼睛。在有关“复杂性哀伤”的书籍里，有时候会有很直白的说辞。他们解释说，有些死亡永远也不可能简简单单就“过去”。有些悲痛者永远也不可能再“做回自己”。我独自待了半个小时，在医院的走廊里来回踱步，直到我发觉我让一些来访者不太舒服，这才停下。我回到了妈妈的担架旁边，她已经坐了起来，穿着一件病号服，并且尽可能穿得平平整整。当她审视我的脸庞时，她捋了捋头发，坐直了一些，垫在她身下的纸张发出轻微的褶皱声。

“是新的一天了。”她肯定地说。

我给了她空间和隐私来换上自己的衣服，只是在最后帮她系上衬衫的扣子。我借来一辆轮椅，虽然妈妈极不情愿地坐了上去，我还是小心翼翼地推着轮椅穿过急诊病区到了大门口，在那里我们可以搭上巴士。医院已经从晚班换成了早班，从我们身边经过的都是清洁工、护工和安保人员。我们经过了一扇窗，这是数个小时以来我们看见的第一扇窗，妈妈是对的，是新的一天了。窗外日光倾城。

在天井处，我很惊讶竟然会看见他们。但又不是那么意外。他们恰好是那种会无视让他们走开这种指令的人。他们正是会被我妈妈叫做“顽石”的人。

艾莎一看见我们就站了起来，她拍了拍杰利，杰利也站了起来，手里拿着一束小小的花。是蓝色的花朵，很漂亮，很热烈。

“我们可以马上去看看吗？”艾莎问道，“这周末的时候应该就会暖和了。”

我们四个人如今全都在家里，屋子里弥漫着用大蒜和洋葱煮的鲜鱼香。亨利太太拿来了水果和硬面团面包，杰利又开始在厨房里即兴创作。我又盛了一些苦瓜，确实很美味，炸过的米饭奇迹般地粒粒分明。我们一起吃饭，电唱机放着低回的音乐，我们在这里，在这一刻，我们在一起。

“你觉得呢?”艾莎强调，“去小河边上的路肯定已经清理干净了。我们会慢慢走过去的，露丝。我们也许能借个轮椅来。杰利？你要加入吗?”

他在电唱机边上点了点头，快速翻找妈妈那些老唱片，然后选出了一张，检查上面的刮痕。他放上那张唱片，一个女人低缓的嗓音打破寂静，妈妈微微皱起眉头，仿佛有些痛苦。杰利略显笨拙地想取下来，妈妈却摇了摇头，往上抬了抬手。

“声音大一点。”她说。

致谢

决定吧，你是否要分享你的劳作，你的工作？

——《安提戈涅》[1]

我不记得那个脆弱的早晨，我怎么可能记得呢？

——迪翁·布兰德《口渴》

这本不长的书却花了我很长时间来撰写。我从玛莎·坎耶·福斯特纳敏锐的编辑能力和杰基·凯泽的专业指导方面获益良多。我热情洋溢的感谢同样要送给贾里德·布兰德、拉腊·亨切伯格、特里·尼莫和肖恩·奥基。我尤其要感谢已故

1 《安提戈涅》是古希腊悲剧作家索福克勒斯公元前442年的一部作品，被公认为是戏剧史上最伟大的作品之一。

的埃伦·塞利格曼给了我诚挚的鼓励。

我对所有的朋友都深怀感激。作为这本书的必要回馈，我要感谢法纽埃尔·安特维、达西·巴兰坦、韦德·康普顿、京·麦克利尔、莱斯利·桑德斯、马德琳·西恩、伊恩·威廉斯和利斯·温纳。我感谢迈克尔·巴克内、科利特·科利根、布雷迪·克兰菲尔德、珍妮特·菲茨西蒙斯、凯利·约瑟夫斯、克里斯蒂娜·金、米歇尔·利维、斯特芬·默里和迪安娜·雷德在具体细节上的建议。

温哥华公共图书馆为我免费提供了写作空间。来自加拿大艺术理事会的一笔补助金让我可以暂时停止授课，专心写作。班夫文化中心和柏林文学座谈会允许我短暂缺席。我在西蒙弗雷泽大学的学生和同事对我的写作寄予了浓烈的兴趣和美好的期待，他们非常敬重我。

我感谢自己赖以生存的这片土地。我感谢这里有那么多等待被聆听的故事。

我之所以走到今天，能够写作，是基于自己的人生历程，自己的辛勤劳动，还有父母的爱，罗林斯和克劳德特。我感谢这个大家庭的善意与照顾。我的哥哥Mark用他的智慧支持了我，我的孩子玛雅和丝凯则用他们的创造力帮助了我。

在陪我度过困难时期的伙伴里，我要感谢迪翁·布兰德、阿卜迪·奥斯曼、克里斯蒂娜·夏普和里纳尔多·沃尔科特。再一次特别感谢莱斯利·桑德斯。我最深沉最衷心的谢意要送给我的搭档，也是第一读者，索菲·麦考尔。

奥斯汀·克拉克信任了我。谢谢你，奥斯汀。安息吧。

关于本书的说明

《兄弟》这本书[1]是用蒙纳公司的范·迪克字体排版的，这原本是由克里斯托弗尔·范·迪克设计的字体，他是十七世纪时的一名荷兰铸字工人（有时也是个金匠）。虽然这些罗马字体可能不是范迪克自己雕刻的，这个印刷的斜体字的原始版本却保存了下来，可以相当肯定是他的成果。这个字体第一次出现大约是1606年，重新雕刻为现代所使用是在1937年。

1　作者在这里特指英文版。

译后记｜命运是一颗射向胸膛的子弹

毫无疑问，这是一个令人心碎的故事。

整个故事从第一句话开始，就铺设了略显悲伤的基调，而堆满了肮脏积雪的冬末街区，就是故事主人公的全部人生，是灰色的、凛冽的。

这是一个关乎青春岁月的成长故事，却太过沉重。说起来也很简单，主人公是居住在加拿大的黑人兄弟，由妈妈一个人照顾，对自己的爸爸只存留依稀印象，甚至连名字也记不清了，而他们的朋友也无一例外都是有色人种，他们居住在整个城市最糟糕落后的地方，他们都曾梦想着走出去。

写下这句话都让我觉得有些悲伤，他们都曾梦想着走出去，可最后，哪怕有人娶妻生子，平稳度日，甚至念了大学拿了学位，可最终，还是没有人真正走了出去。

被注定的命运像一记响亮的耳光，在少年时代抽醒了这群少年中的每一个人，而对主人公之一，“我”的哥哥弗朗西斯来说，命运是一颗注定要射向胸膛的子弹，迟早要打穿他不愿弯下的脊梁。

在翻译《兄弟》之前，我恰好翻译了中信出版社的另一本小说《不可能的堡垒》，很巧，两本书里的人物都处在相同的人生阶段，年纪差不多，生活在北美的不同国家，居住在脏乱差的小城镇里，没什么钱，却一个是白昼，一个是黑夜，是泾渭分明的两个世界。《兄弟》的主角是黑人男孩，《不可能的堡垒》的主角是白人男孩，于是命运似乎也从出生那一刻被决定了。

在《不可能的堡垒》中，男主角也是单亲家庭，在学校里不起眼，被老师看不起，唯一的爱好就是电脑编程，在看他的故事时，你也许会想，美国孩子的童年也不全然是无忧无虑的，也有很多烦恼，很多不得已，但那依然是你熟悉的美国故事，小人物也能逆转人生。到了《兄弟》这里，你会发现，白人男孩们的烦恼来自于这个社会给予的各种条条框框，他们想打破，想要自由，并可能要到一个不错的未来，而黑人男孩们却压根是被这个社会排除在外的，他们连融入这个社会的路都找不到，更遑论为自己的人生找一条出路。他们要反抗的根本就不是个人命运，而是一道无解的人类命题。

两段青春的对照，更让《兄弟》这个故事在我的眼里多了一些悲伤，兄弟俩和妈妈吵了架赌气出走，在公交站避雨时碰到的白人女性恨不能退避三舍；碰到的黑人同伴又只会用暴力当做打招呼的方式；在帮助拥有音乐天赋的朋友参加DJ选拔赛时被极不礼貌地无视；在他们经常聚会的理发店里，警察们隔三差五就会造访，用各种各样的理由对他们进行搜查。最终，不愿意低头、不明白自己到底做错了什么的弗朗西斯就这样倒在了警察的枪口下，而警察却告诉他的妈妈，是你儿子有情绪问题，警察开枪是正当的。

那一声枪响就好像是熟睡中的闹铃，一群贫民窟少年的春秋大梦倏忽被叫醒，别做梦了，你怎么可能实现梦想，你怎么可能要求公正，你不被当做社会败类就不错了，至于别的，别做梦了。是啊，他们根本就是连做梦的权利都没有的一群孩子。

弗朗西斯去世后，“我”和妈妈的生活过成了什么样呢？即使十年过去了，“我们”也都没有从失去至爱的伤痛中走出来，伤痛是复杂的，可能今后漫长的人生你都不可能从中恢复过来，而不是像那些不忍伤害你的故事里告诉你的那样，总会过去的，总会好起来的。

没有什么会好起来，也没有什么会过去，没有原谅，也没有面对，哪怕多年之后，故事里的人偶然重逢，也只有浅浅两句寒暄，心头压了很多话，却多一个字也不肯说了。

当然，这个世界上依然有那么多的有色人种在异乡得到了尊重，绽放了光芒，然而，这个世界上种种的歧视，种种的不公，种种我们想不通的不合理却依然存在，依然是堵住许多人出路的巨石。

或许这就是小说的意义之一，将你看不到、触不到、想不到的那些人那些事掀开幕布，演给你看，告诉你，原来还有人活在这样的阴云密布之中。

整个故事没有强调冲突，没有刻意堆砌情节，完全是在娓娓道来的回忆之中用情绪把你牢牢拴住。在落下最后一个字的时候，我长长舒了口气，因为疲惫，因为面对这样根本无出路可言的人生，我也莫名心怀亏欠。

也许我们不欠这些孩子什么，但又好像是整个世界都欠了他们一些什么。

姚　瑶